鸟鸣回荡,宛如天幕黯然垂落时万物的声响。

我,喜欢我自己。在这样的心情里享用一杯咖啡。

我越走越远,如漫游的吉卜赛人,

穿过大自然,像携着女伴一样快乐。

《冬日合集》

Crystal 的理想世界

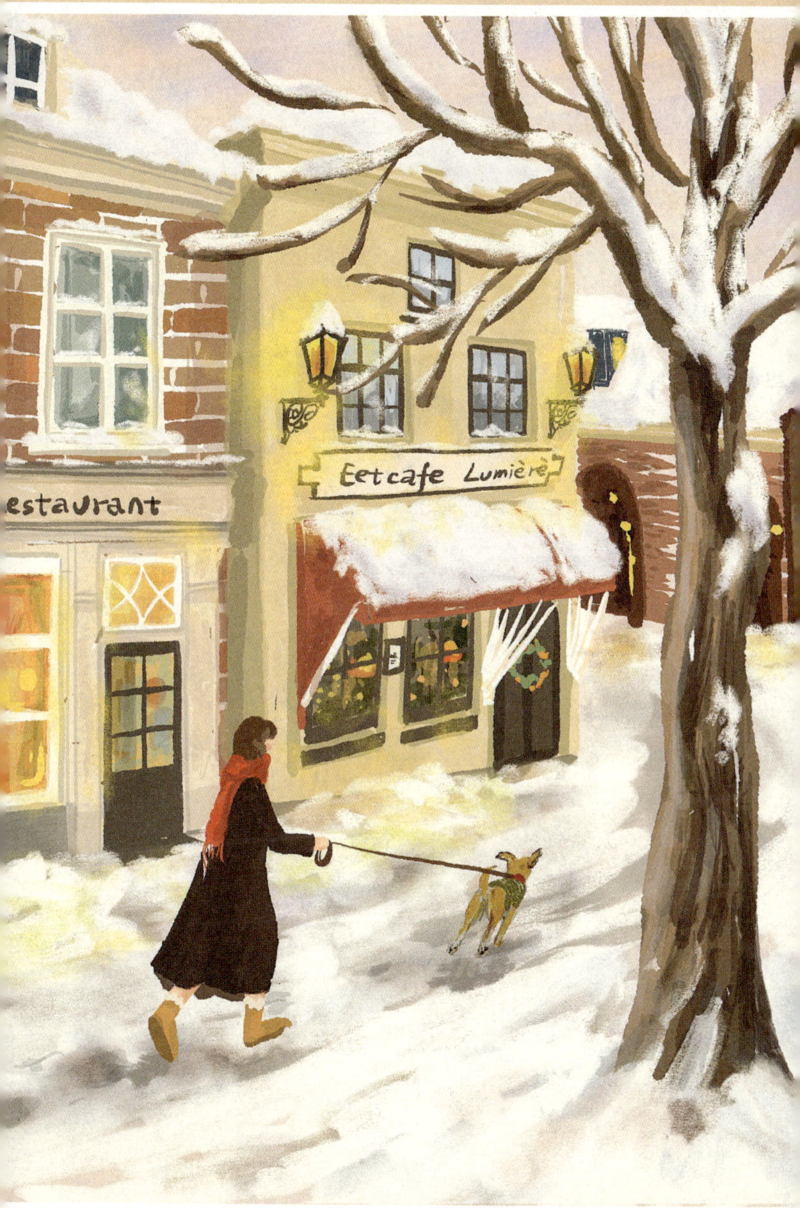
Eetcafe Lumière
estaurant

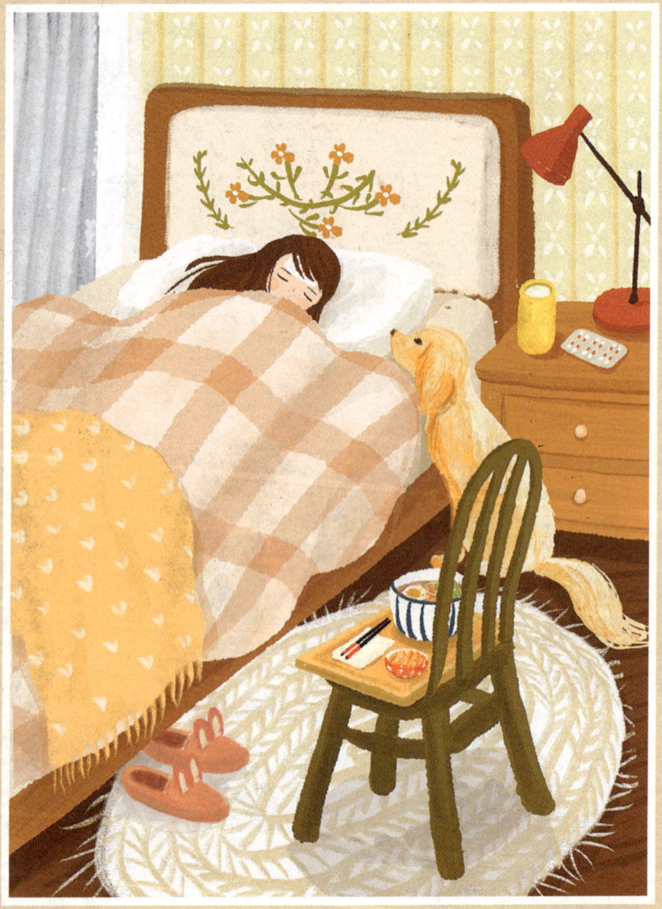

我依然对着镜子微笑

事情总会转好——我说——我必须

生起火来,我买面包

阅读柏拉图

必须想着明天

《要快点好起来哦》

Crystal 的理想世界

在沉寂的夜晚,

我愿意做我的声音,

一只夜莺。

灵魂啊,

披上橙子的颜色吧!

灵魂啊,

披上爱情的颜色吧!

《花开的日子》

Crystal 的理想世界

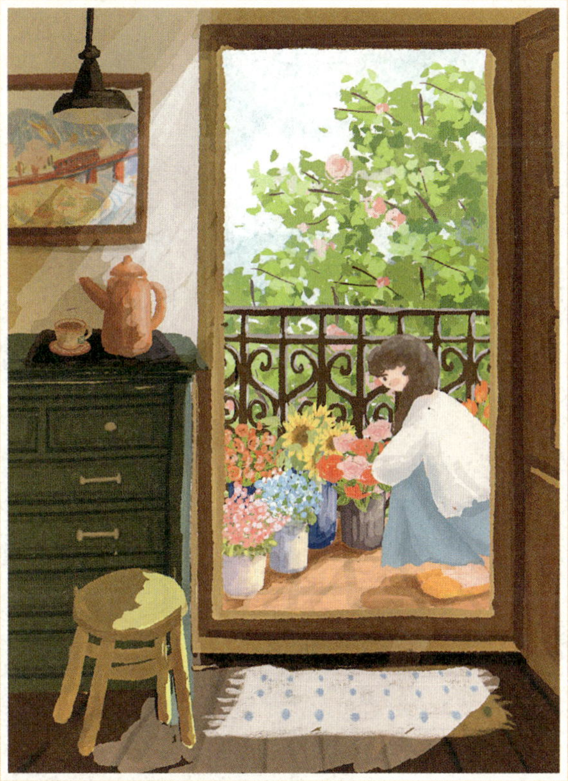

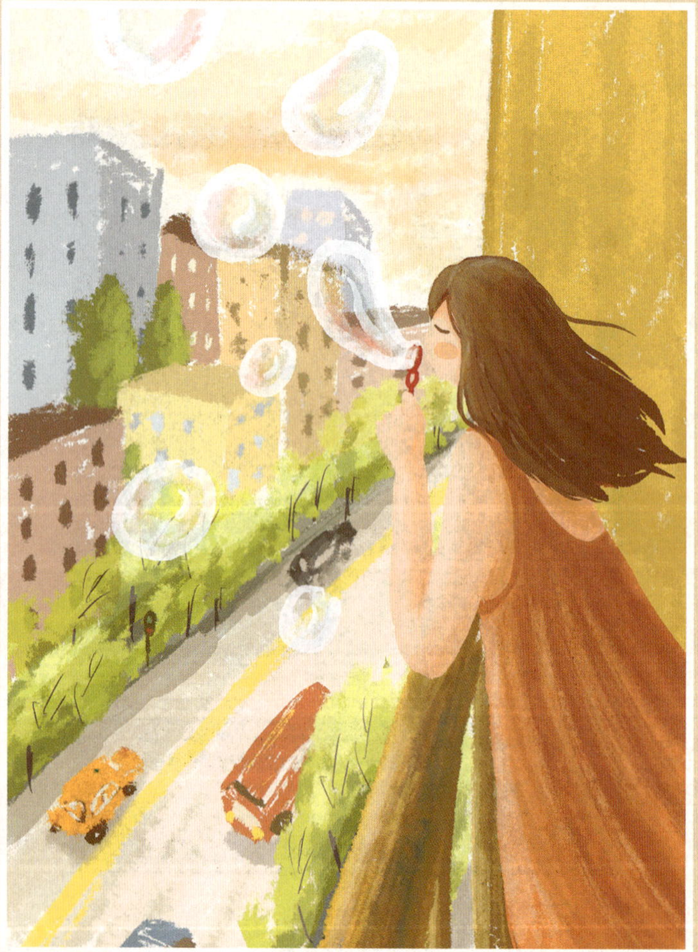

愿我们清凉、自在,

得到不枯竭的源泉,不熄灭的灯。

《生日快乐,许个愿吧》

Crystal 的理想世界

每个人做自己最重要。

你拥有太阳如果有太阳,

拥有树木如果你向树木走去,

拥有财富如果它属于你。

《向不远的秋天许个愿吧》

Crystal 的理想世界

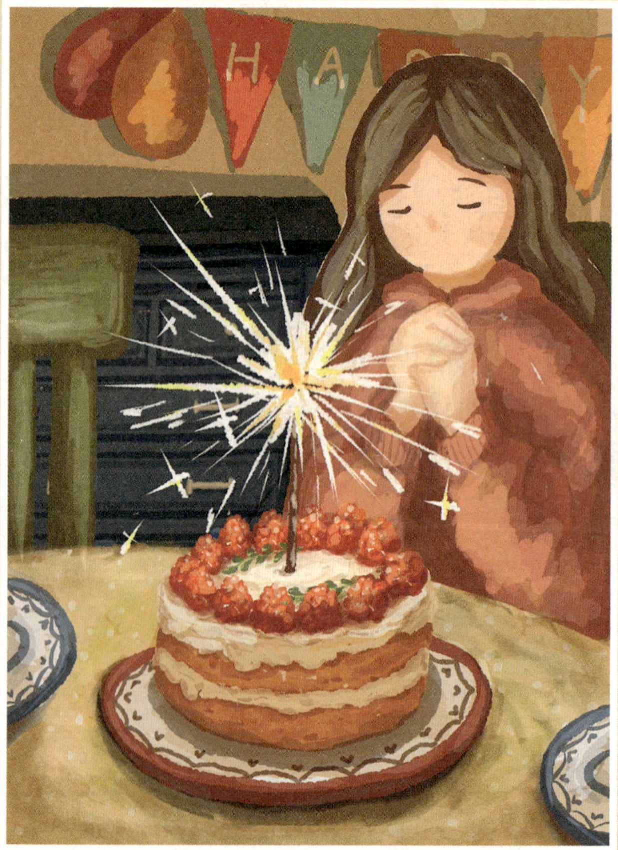

我走进房间

外国经典名家诗歌选

[智]巴勃罗·聂鲁达 等著
黄灿然 等译
为你读诗 主编

北京联合出版公司
Beijing United Publishing Co.,Ltd.

编者按

这本诗集是大愚与为你读诗合作诗歌系列的第二本,《我走进房间:外国经典名家诗歌选》;第一本是已经出版的《永远是夏天:华语经典名家诗歌选》。

这本外国诗歌选集精选38首经典诗歌作品,选篇依据获奖(诺贝尔文学奖、普利策诗歌奖),当下受欢迎度(共鸣体验)两个大的维度,还有一个小的微观的维度,感性与审美,即,用诗歌记录美好瞬间或浪漫奇遇;用诗歌讲述人生的"恋恋风尘";用抚慰人心的诗歌给予读者能量,让他们一次次回到自己再出发!

选篇的每首诗歌后面附有一篇精心解读的文章,来自"为你读诗"的编辑,它们更像是读诗随手记,记录下第一次读到时的感动，与我们分享。

书名用了佩索阿同名诗作的名字——我走进房间。从市场角度考虑，"房间"是一个热词，可以增加被搜索率（如伍尔夫的《一间自己的房间》）。

房间也是每个人承载自我的空间，关上房门、走进房间，令我们感到安全。家是一个人的避难所，是我们可以做自己的地方。

书中收录当下外国文学视野中对我们有深刻影响和共鸣的名家里尔克、佩索阿、叶芝、鲁米、黑塞、聂鲁达等的诗歌，主题围绕自我与生活。篇章结构也以此展开，每一章的名字都是与自我、生活有关的关键词：城市生活，重新开始的时刻，自己的世界，我走进房间，你。

"回到孤单之中，以真正的我开始独自生活。"在我们走了很远的路，经历了很多事后，这样的生活在现在看来如此有魔力。

书封插画用了旅法日本艺术家北岛由纪子的画，画风甜美、治愈，唤醒每个人对自我的关照，引导我们将注意力向内聚集——"让我们更加平静地热爱／我们捉摸不定的生活。"

事实上，我们每个人都拥有别人永远不会拥有的东西，那就是：你自己的一生。

每个人都独一无二，美丽，你只需要每天越来越像你自己。

在自己的房间内，每天请至少用五分钟享受愉悦的感觉。

在自己的房间里，享受爱与玩耍的时间。

黑塞的《梦见你》，会令人想起平克·弗洛伊德的歌 Hey You，"我们在一起会赢，分开就会输"。

我和你，置身在纷纭的万象之中，
狐疑地穿过充满魅力的人生，

它使我们眼花缭乱,却骗不了我们。

考虑今天可以做些什么关爱自己更多?

阿赫玛托娃的《破晓时分醒来》:

或者是阴天登上甲板,
披着松软的皮袄,
聆听马达的喧嚣,
什么都不去思想,
只是预感将有奇遇,
见到我命定的星星,
由于海水,由于微风,
每一刻变得更加年轻。

《傍晚的光线金黄而辽远……》:

傍晚的光线金黄而辽远,
四月的清爽如此柔情。
你迟到了许多年,

可我依然为你的到来而高兴。

在自己的房间里,我们一次次回到自己再出发!

佩索阿的《我走进房间》:

最后一次深情地凝视安静的树林
随后,关上窗户,点燃灯盏,
我不再读什么,也不再想什么,甚至也不睡,
突然感到生命涌过我全身,就像河水漫过河床,
而外面,无边的沉静如一尊熟睡的神。

最后,想以这本诗集祝福每个读者:
学会自己送自己一枝鲜花,自己为自己画一道海岸线。
坚韧地走过一个又一个鸟声如洗的清晨。

愿你旅途漫长,愿你有许多夏天的早晨。
愿你永远地爱,永远不会失去欢乐的面容。

2023.12.6 于北京

目录

篇章一

你

01 破晓时分醒来 ... 3
[俄罗斯] 安娜·阿赫玛托娃

02 我喜欢你并非思念我而忧郁成疾 ... 7
[俄罗斯] 玛丽娜·茨维塔耶娃

03 爱情比忘却浓 ... 13
[美国] E.E. 卡明斯

04 一百首爱的十四行诗·九十二 ... 18
[智利] 巴勃罗·聂鲁达

05 二十首情诗和一首绝望的歌——第二十首 ... 22
[智利] 巴勃罗·聂鲁达

06 傍晚的光线金黄而辽远…… ...28

[俄罗斯]安娜·阿赫玛托娃

07 你总有一天将爱我 ...32

[英国]罗伯特·勃朗宁

08 夜曲 ...37

[西班牙]费德里科·加西亚·洛尔迦

篇章二
自己的世界

09 天真的预言（节选） ...45

[英国]威廉·布莱克

10 "你独自一人" ...49

[葡萄牙]费尔南多·佩索阿

11 感觉 ...53

[法国]阿蒂尔·兰波

12 灰烬 ... 58

[阿根廷] 阿莱杭德娜·皮扎尼克

13 寒夜的自我像 ... 64

[日本] 中原中也

14 只是一个片刻 ... 70

[葡萄牙] 费尔南多·佩索阿

15 我想做一个自由而不真诚的人 ... 76

[葡萄牙] 费尔南多·佩索阿

篇章三
城市生活

16 旅行之歌 ... 83

[德国] 赫尔曼·黑塞

17 寻得之物（节选） ... 88

[奥地利] 赖内·马利亚·里尔克

18 愿我们有远大梦想　　　　　　　　... 93

[波斯] 莫拉维·贾拉鲁丁·鲁米

19 生命之线　　　　　　　　　　　　... 97

[英国] 克里斯蒂娜·罗塞蒂

20 倾听　　　　　　　　　　　　　　... 102

[英国] D.H. 劳伦斯

21 我不知道是否星星统治了世界　　　... 108

[葡萄牙] 费尔南多·佩索阿

篇章四

我走进房间

22 梦见你　　　　　　　　　　　　　... 115

[德国] 赫尔曼·黑塞

23 雾中　　　　　　　　　　　　　　... 120

[德国] 赫尔曼·黑塞

24 晚上 ... 125

[法国] 彼埃尔·勒韦尔迪

25 我走进房间 ... 131

[葡萄牙] 费尔南多·佩索阿

26 星辰时刻 ... 135

[西班牙] 费德里科·加西亚·洛尔迦

27 冬日 ... 139

[奥地利] 赖内·马利亚·里尔克

28 期盼的灵魂 ... 143

[芬兰] 艾迪特·索德格朗

篇章五

重新开始的时刻

29 秋日 ... 149

[德国] 赫尔曼·黑塞

30 每一种事物都在它的时间里拥有自己的时间 ... 152

[葡萄牙]费尔南多·佩索阿

31 最初的愿望小曲 ... 157

[西班牙]费德里科·加西亚·洛尔迦

32 水中自我欣赏的老人 ... 162

[爱尔兰]威廉·巴特勒·叶芝

33 我们季候的诗歌 ... 167

[美国]华莱士·史蒂文斯

34 无缘由的快乐 ... 173

[法国]苏利·普吕多姆

35 伊萨卡岛 ... 178

[希腊]C.P. 卡瓦菲斯

36 要明亮地爱我,像朝霞一样去爱 ... 185

[俄罗斯]费·索洛古勃

37 我将再一次向太阳致意 ... 189

[伊朗] 芙洛格·法罗赫扎德

38 海涛 ... 196

[意大利] 萨瓦多尔·夸西莫多

篇章一

你

01
破晓时分醒来

作者：〔俄罗斯〕安娜·阿赫玛托娃　朗读：丁翔威

破晓时分醒来，

是因为被快乐所窒息，

从舱室的窗口望去，

一片碧绿的波涛，

或者是阴天登上甲板，

披着松软的皮袄，

聆听马达的喧嚣，

什么都不去思想，

只是预感将有奇遇，

见到我命定的星星，

由于海水，由于微风，

每一刻变得更加年轻。

汪剑钊 译
选自《记忆的声音》，人民文学出版社

- 诗歌作者 -

安娜·阿赫玛托娃
Anna Akhmatova, *1889—1966*

原名为安娜·安德烈耶芙娜·戈连科,俄罗斯"白银时代"的代表性诗人,著有诗集《黄昏》《黄色的群鸟》《车前草》《安魂曲》等。

♬解读：
仅仅是想起海，便"预感将有奇遇"

婵 / 文

提及海，脑中立刻浮现出近日看过的一句极美的诗："卷帘天自高，海水摇空绿。"（佚名《西洲曲》）仅是读出，便似乎从字缝扒开一个窄门，瞬时眼前绿枝浅浅浮动，搅扰空荡的青天，似碧海上平起波浪。

不知为何，海总给人以极度浪漫的想象，充满了隐喻。所有流动缠绵的心绪，永恒壮丽的豪情，深刻静谧的哲思都适合嫁接于"海"之上。

是否因为我们也自海上来，基因中也许还留存着关于海的记忆，因此，看过海的人便将自己的梦想归宿安置于海滨；那些从未看过海的，也怀有对海的神往，像海上系着我们的一缕牵挂，轻轻一扯，便将你招引。

如约翰·列侬对小野洋子的发愿——"希望我们是一对和善的老伴，住在爱尔兰海边小岛一类的地方，翻阅我们一辈子胡闹的剪贴簿。"

或者同诗人石川啄木一样，仅仅是在觉得伤心、难以忍受的一天，无缘无故地想看看海，将寂寞空濛濛洒向海面。

法国作家儒勒·凡尔纳说："海洋就是一切！它覆盖了地球十分之七的面积。它的气息纯净、健康。在这片广阔荒凉的汪洋中，并非只有人类，四周处处颤动着生命。海洋只是奇幻生灵的载体，它是运动和爱；就像诗人所说，它就是活生生的无限。"（《海底两万里》）

哪怕仅仅只是想起海，便"预感将有奇遇"。

02
我喜欢你并非思念我而忧郁成疾

作者:〔俄罗斯〕玛丽娜·茨维塔耶娃　朗读:丁翔威

我喜欢你并非思念我而忧郁成疾,

我喜欢我忧郁的原因不是为你,

我喜欢那沉重的地球永远不会

从我们两人的脚下挣脱逃离。

我喜欢可以不掩饰,不做作,

不必在和你手相触时难为情。

我还喜欢你在我面前

可以平静地拥抱别人。

不必因为我没有亲吻你

让我忍受炼狱之火熬煎。

我温柔的名字不必被

温柔的你徒劳长挂嘴边……

教堂的寂静里永不会为我们

响起"哈利路亚"那一声呼唤!

谢谢你的心和你的手,谢谢你,

而你——自己并不知道!

——爱我如此深:

爱我夜晚的宁静,

爱日落时和我偶然的相遇,

爱月升时我们没有去漫步,

爱太阳没有照临我们的双肩头顶,

可惜!你并非思念我忧郁成疾,

可惜!我忧郁的原因不是为你。

童宁 译

选自《一切都像在拯救》,后浪|江苏凤凰文艺出版社

- 诗歌作者 -

玛丽娜·茨维塔耶娃
Marina Tsvetaeva，*1892—1941*

全名为玛丽娜·伊万诺夫娜·茨维塔耶娃，俄罗斯诗人、散文家、剧作家。她的诗以生命和死亡、爱情和艺术、时代和祖国等大事为主题，被誉为不朽的、纪念碑式的诗篇。代表作品《里程碑》《魔灯》等。

♫ 解读：
爱情是叹息吹起的一阵烟
朱艳平 / 文

不知是谁说过——爱情，只是一个时机问题。早一步太早，晚一步太晚，要天时地利人和正正好，否则就是空门。

《东邪西毒》里，黄药师问大嫂为什么没有嫁给欧阳锋，她说欧阳锋从没对她表达过爱意，就算心里想，嘴上却不肯讲出来，而年轻时的她认为"我喜欢你"这句话很重要。

所以，她赌气不嫁他。如果这是一场比赛的话，或许她曾赢过。可爱情又怎么能分出胜负，否则多年后，为何她又日日拥花流泪，盼着欧阳锋的消息……

"我一直以为是我自己赢了，直到有一天看着镜子，才知道自己输了，在我最好的时候，我最喜欢的人都不在我身边。如果能重新开始那该多好啊!"

所以爱情,最重要的是时机,一个人喜欢在话里藏话,要你听出他的弦外之音,但如果恰好相遇在你懒于玩这种游戏的时候,那爱情不过是相遇、错过,然后再用长久的时间来怀念。

罗密欧说:"爱情是叹息吹起的一阵烟,恋人的眼中有它净化了的火星,恋人的眼泪是它激起的波涛。它又是最智慧的疯狂,哽喉的苦味,吃不到嘴的蜜糖。"

他说爱情的苦涩,和它难以捉摸的复杂。

就像初读茨维塔耶娃这首诗,会误以为诗人在称赞爱情里的淡和轻——我们可以不必因思念而忧郁成疾,可以不嫉妒、不试探、不煎熬。可直至最后,两句"可惜!"喷薄而出,才暴露了诗人的真心:云淡风轻其实是口是心非,她的爱是冲动的,交织着火焰,正如她在另一首诗里所写:

我要从所有其他人、从另一个她那里把你夺回,
你不会是任何人的未婚夫,我也不是任何人的妻,
在最后的争论中我要带走你——别作声!

电影《东邪西毒》或者茨维塔耶娃的诗,其实都是换个名字存在于我们身边的爱情故事,只是爱与感伤的浓度会随着时间流逝更快消散,因为我们还有生活。

爱当然是好的,但也要学会转身。春天来了,天气很好,你也要很好。

03
爱情比忘却浓

作者：[美国] E.E. 卡明斯　朗读：冷心清

爱情比忘却浓

比回忆薄

比含泪的挥手稀罕

比失败更加常见

它梦幻如月亮

最疯狂 它不少于

全部的海洋

只比海洋更加深沉

爱情总比胜利少

但绝不少于活着的生命

它并不大于最小的开端

也不小于宽宏大度

它灿烂如太阳

最明智 它的不朽

胜过全部天空

它比天空更加高远

邹仲之 译

选自《卡明斯诗选》，上海译文出版社

- 诗歌作者 -

E.E. 卡明斯
Edward Estlin Cummings,*1894—1962*

迄今为止影响最广、读者最多、最负盛名的美国现代主义诗人之一,同时还是剧作家、画家、散文家。他的诗不断突破语言的边界,是对传统诗歌的大胆革新。在发表诗歌时,他总是用小写的"e. e. cummings"署名。代表作有画集 *CIOPW*,小说《巨室》,诗集《郁金香与烟囱》等。

♫解读:
爱情比忘却厚，比回忆薄
肖尧 / 文

有人说，会发光的爱情才是暖的，它梦幻如月，灿烂如太阳，每个沉浸其中的人，心都会被照得透亮，待暖意缓缓蔓延，即可抵御人间所有的冰冷。

暖融融的爱也包罗万象——天、地、山、水皆可拿来类比，大抵唯有天地能承其重，山水可示其深。古乐府民歌《上邪》的"山无陵，江水为竭，冬雷震震，夏雨雪，天地合，乃敢与君绝"就是如此。

而卡明斯笔触下的爱也同样不朽，乃至胜过了全部天空……

卡明斯的金玉良言似乎也道出了爱情里杂糅的心绪——爱情短暂得让人无可把握，又恒久得让人失去了鲜活；浓厚时让人难以忘却，淡薄得又让人拾不起记忆。

忘却与回忆常撕扯着那颗故作镇定的心，爱的往事总是顽固停留在脑海里，成为记忆的宿命，如无用却痛心的智齿，只能以短痛拔出的方式来消解长痛。

成年人的生活，四面都写满了责任、压力、忍耐和无奈，能在这些重担里撑过来，就已然是了不起的成就。爱情亦是如此，登对般配也正是爱情的成就，而非前提。

每个人都经历过爱的心动与心碎。"爱情比含泪的挥手稀罕/比失败更加常见"（卡明斯），即便人总是为爱而伤，却依然为之痴狂。

活着在这世界上，你总得爱点什么。

"不在任何东西面前失去自我，哪怕是教条，哪怕是别人的目光，哪怕是爱情。"（《成为简·奥斯汀》）

04
一百首爱的十四行诗·九十二

作者：[智利]巴勃罗·聂鲁达　　朗读：徐绍瑛

亲爱的，倘若我死而你尚在人世，

亲爱的，倘若你死而我尚在人世，

我们不要让忧伤占领更大的疆域：

我们居住的地方是最广阔的空间。

小麦的灰尘，沙漠的沙，

时间，流浪的水，朦胧的风，

像飞行的种子导引我们。

不然我们可能无法在时光中找到对方。

这片让我们找到自我的草地，

啊小小的无限！我们将之归还。

但是爱人啊，这份爱尚未结束，

一如它从未诞生，它也

不会死亡，像一条长河，

只改变土地，改变唇形。

陈黎 / 张芬龄 译

选自《二十首情诗和一首绝望的歌》，南海出版公司

- 诗歌作者 -

巴勃罗·聂鲁达
Pablo Neruda,*1904—1973*

1904年出生于智利。19岁出版首部诗集，20岁享誉全国。著有《二十首情诗和一首绝望的歌》《大地上的居所》《漫歌》《元素颂》《疑问集》等数十部诗集，被誉为"人民的诗人"。1971年获诺贝尔文学奖。

♪解读:
爱情或许会成为往事,但爱不会
朱艳平 / 文

坠入爱河的恋人们,总是搜肠刮肚地琢磨词句,试图推敲出更动人的情话,好更准确地将内心的缱绻说与恋人听。于是在爱情的召唤之下,词语被堆叠重组,搭建出了一座座言说爱的庙宇。

在所有情话之中,对这样一句朴素的表达印象深刻:"当死亡来临,我希望晚你一步。"哪怕与许多其他情话一样不可免俗地被滥用,但这句话却没有因此失掉它的光彩。

死亡无疑是凝重的,但它却又是生命最大的动机之一,绝大多数人或许直到它来临的那一刻都不能准备得坦然。我们害怕死亡,但更害怕它与我们爱的人有关。"对死亡最大的恐惧,在于它与我们擦肩而过,却留下我们一个人。"(《一个叫欧维的男人决定去死》)

留下的人所要承受的痛苦清晰无比,所以会有人希望将这份苦痛留给自己而非恋人。

聂鲁达献给妻子玛蒂尔德的《一百首爱的十四行诗》中，许多诗篇都谈及分离，措辞深挚动情，但诗人却并不在哀伤上着墨过多：

我不希望你的笑声或脚步摇摆不定，我不希望我的快乐遗产亡失；别对着我的胸膛呼喊，我不在那儿。

我要你继续繁茂，盛开，这样你才能到达我的爱指引你的所有去向，这样我的影子才能在你的发间游走，这样万物才能明白我歌唱的理由。

真爱和爱着的心是抵御诀别苦痛的墙，让留下的恋人仍然倾听风声，仍能嗅闻共同爱过的海的芳香，并继续漫步于一起走过的沙滩上，带着希望生活下去。

作家伊夫林·沃在《故园风雨后》中写过这样一段话："我应该在每个我得到过快乐的地方都埋下一点宝贝。等我又老又丑又痛苦的时候，可以回到这些地方，把宝贝挖出来，回忆过去。"

时间的流逝，让所有相聚走向分别，悲伤难免，遗憾难免，但那些曾在一起度过的快乐时光，会带着我们走下去，走过分离的苦痛，直至在时光中再次相遇。

05
二十首情诗和一首绝望的歌——第二十首

作者：[智利] 巴勃罗·聂鲁达　朗读：北辰

今夜我可以写出最哀伤的诗篇。

写，譬如说，"夜缀满繁星，
那些星，灿蓝，在远处颤抖。"

晚风在天空中回旋歌唱。

今夜我可以写出最哀伤的诗篇。
我爱她，而有时候她也爱我。

在许多仿佛此刻的夜里我拥她入怀。
在永恒的天空下一遍一遍地吻她。

她爱我，而有时候我也爱她。
你怎能不爱她专注的大眼睛？

今夜我可以写出最哀伤的诗篇。

想到不能拥有她。感到已经失去她。

听到那辽阔的夜,因她不在更加辽阔。

诗遂滴落心灵,如露珠滴落草原。

我的爱不能叫她留下又何妨?

夜缀满繁星而她离我远去。

都过去了。在远处有人歌唱。在远处。

我的心不甘就此失去她。

我的眼光搜寻着仿佛要走向她。

我的心在找她,而她离我远去。

相同的夜漂白着相同的树。

昔日的我们已不复存在。

如今我确已不再爱她,但我曾经多爱她啊。

我的声音试着借风探触她的听觉。

别人的。她就将是别人的了。一如我过去的吻。
她的声音,她明亮的身体。她深邃的眼睛。

如今我确已不再爱她。但也许我仍爱着她。
爱是这么短,遗忘是这么长。

因为在许多仿佛此刻的夜里我拥她入怀,
我的心不甘就此失去她。

即令这是她带给我的最后的痛苦,
而这些是我为她写的最后的诗篇。

陈黎 / 张芬龄 译
选自《二十首情诗和一首绝望的歌》,
南海出版公司

♪解读:
爱是这么短,遗忘是这么长
朱艳平 / 文

  春天辞别了,它的花事已尽。如今带着无用落红的重负,我却等待、留连。

——泰戈尔《吉檀迦利》

  虽然春尽夏已至,但又有谁能真正算清那些春天里发生的悲伤故事,是否也真的彻底随着落花雨水一起流走。

  潮水日益喧闹,河岸愈加荫蔽,对着夏日来临的种种迹象,对着远去的时光,泰戈尔诗歌的绚烂与静美,一如面对逝去的爱情,聂鲁达诗中迷人的心碎。

  谈及爱情诗,聂鲁达必定是绕不开的人。明明只是简单两个字,到了诗人笔下,却有了喜怒流转、早晚变幻,千姿百态的诗句里是道不尽的缱绻与浪漫。

  我要

像春天对待樱桃树般地对待你。

我爱你,爱你额上的皱纹,
爱人啊,我爱你,爱你的清澈,也爱你的阴暗。

你可以拒绝给我面包,
空气,光,春天,但绝不要拒绝给我你的笑,
不然我会死掉。

"爱情"这两个字,乍见简单,但拆开了又是横折竖弯的盘曲,是相思别离的转折。与种种滚浓的爱意相比,聂鲁达在这首诗里,精妙地复刻着爱情的另一种状态,即分离时那千回百转的哀伤。

正如"爱是那么短,遗忘是那么长"被无数人传唱一样,大概也有无数人对此深深共情,在相同的诗句里窥见了各自不同的遗憾。

诗歌复沓着"今夜我可以写出最哀伤的诗篇",及至最后,以"最后的痛苦""最后的诗篇"作结,仿佛每一个阅读的人也随着诗人一起完成了名为告别的仪式。

时间必定要流逝，爱情同样可能逝去，但生活会继续，未来会到来。谁又能肯定失去过后不会迎来更好的明天呢。

就像开头泰戈尔的那句诗，如此断章取义来看无疑是悲叹光阴的流逝，但其实春去秋来之后，凝视虚空，诗人不再缅怀逝去，而是满怀喜悦地感喟："你没有感觉到空气中掠过一阵惊喜，带着飘自遥远彼岸歌声的音符吗？"

岁月流逝，但时光以歌赠之。

最后，想将聂鲁达一篇演讲后记里的结尾送给你，祝愿长途跋涉之后，你我都拥有一个欢快的明天：

"但愿生命，还有世间的快乐和痛苦，每天都能推倒房门，进驻我们的房子。生活由死去的夜晚与将生的黎明的神秘物质构成。但愿你们在找到答案的时候，都能发现新的疑问。好了，明天见，女士们先生们。神秘的明天见。"

06
傍晚的光线金黄而辽远……

作者:〔俄罗斯〕安娜·阿赫玛托娃　朗读:冷心清

傍晚的光线金黄而辽远,

四月的清爽如此柔情。

你迟到了许多年,

可我依然为你的到来而高兴。

请来坐到我的身边,

用你快乐的眼睛细看:

这本蓝色的练习册——

上面写满我少年的诗篇。

请原谅,我生活的不幸

我很少为阳光而快乐。

请原谅,原谅我,为了你

我接受的东西实在太多。

晴朗李寒 译

选自《阿赫玛托娃诗全集》,九久读书人 | 人民文学出版社

♫解读：
说不清爱是什么，只想等你，想对你好
肖尧 / 文

> 你呼吸着阳光，我呼吸着月亮，
>
> 可我们在同一的爱情中生长。
>
> ——阿赫玛托娃

诗人阿赫玛托娃一生命途多舛，经历了生活的贫苦与无情的战争，天分出众的她把自己的涉历存入诗歌创作，真挚里略带忧伤，轻柔中可见哀婉。

后人将她与被誉为"俄罗斯诗歌的太阳"的普希金相提并论，并美称其为"俄罗斯诗歌的月亮"。

诗里，阿赫玛托娃没有抱怨恋人的姗姗来迟，也没有赘述过往的艰辛和曲折，而是请他用快乐的眼睛阅读自己年少的诗篇。仿佛这些年横亘在彼此之间的漫长等待，在那一刻瞬间烟消云散了。

"你迟到了许多年，可我依然为你的到来而高兴。"欢欣里似乎又带着一丝克制。

人世间的爱，何曾不像是一种魔法呢？无论身份地位如何，总有人能让你乖乖交心。

很多时候，等候的意义在于慢慢找到自己，需要有弹性地接纳事物的变化，需要对那份付出有终极认同。

在电视剧《所罗门的伪证》里有这样一席话，"年轻和幼稚都会造成同样的弱点：缺乏耐性。无论做什么事，都想马上看到结果。人生就是一连串的等待，这样的教训往往得活到中年才能体会。"

请原谅，我生活的不幸
我很少为阳光而快乐。
请原谅，原谅我，为了你
我接受的东西实在太多。

在现实的亲密关系中，人们不可避免地会有妥协或是"牺牲"，需要分担彼此的负重。在感情中的你是付出的那个人，还是接受对方赠予的那个人呢？

或者你是独自一人，"在孤单与等待的漫长日子，

学会过自己的生活吧。为了那个将会遇到的人,你要把自己养得更可爱。"(张小娴)

07
你总有一天将爱我

作者：〔英国〕罗伯特·勃朗宁　朗读：冷心清

你总有一天将爱我，我能等
你的爱情慢慢地生长；
像你手里的这把花，经历了
四月的播种和六月的滋养。

今天我播下满怀的种子，
至少有几颗会扎下根；
结出的果尽管你不肯采摘，
尽管不是爱，也不会差几分。

你至少会看一眼爱的遗迹——
我坟前的一朵紫罗兰；
你的眼前就补偿了千般苦恋，
死有何妨？你总有爱我的一天。

飞白 译
选自《勃朗宁诗选》，外语教学与研究出版社

- 诗歌作者 -

罗伯特·勃朗宁
Robert Browning,*1812—1889*

英国维多利亚时期代表诗人之一,著名女诗人伊丽莎白·芭蕾特·勃朗宁的丈夫。主要作品有《戏剧抒情诗》《剧中人物》《指环与书》等。他以精细入微的心理探索而独步诗坛,对英美20世纪诗歌产生了重要影响。

♫ 解读:
在你之前,不知生;在你之后,不惧死
海角 / 文

> 可是爱只要是爱,就是真正的美。
>
> 就有接受的价值。
>
> ——伊·芭·勃朗宁

"你总有一天将爱我",这不是诗人勃朗宁的浪漫幻想,而是爱的信仰。很多人觉得这种等待只留存于诗句里,可它着实为勃朗宁夫妇所拥有。

伊丽莎白在10岁时就读莎士比亚的作品,12岁时便开始动手创作。15岁时,不幸骤然降临,她从马背上摔落,脊椎受伤,从此瘫痪在床,醉心诗歌创作。

勃朗宁夫妇曾以诗文邂逅彼此,当时伊丽莎白早已蜚声文坛,而勃朗宁却寂寂无名。

她常年行动不便,久卧床榻,甚至还比勃朗宁年长6岁,但世俗凡间的种种困境,丝毫不妨碍爱情的生长。

一如伊丽莎白之言:"尘世的刀枪无论多么密集,

也不能伤害我们丝毫。"

他们寄雁传书,感受到彼此那份"遥远的相似性",在信里,勃朗宁这样写道:"我真是对你的书万分倾心,我也同样倾心于你。"他爱上了她的诗,更爱上了写诗的她。

面对这份告白,伊丽莎白有过自卑,也有过挣扎,她犹疑自己可以被爱,遑论一份持久的爱。

一位愿意分享,另一位有心回应。他们参与彼此经历的幽暗时刻,并给予最及时的宽慰。婚后,在勃朗宁的悉心照料下,伊丽莎白竟重新站立起来。

在你之前,不知生;在你之后,不惧死。

他们的爱旷日持久,更让世人相信,"杉木与路旁的蒺藜一旦投入爱火,会发出同等的光辉"。人生是一连串的等待,勃朗宁用"死有何妨?你总有爱我的一天"来剖白心意。

庆幸他并没有等到海枯石烂,伊丽莎白就已经接受了他的爱。尘世间到底什么样的爱情才最为可贵?时针指拨到被卷入物欲的浪潮的当下,人们更会深思这个问题。

  相信总有一天,每个渴望爱情的人,都会等到自己的爱人,不会辜负这漫长的等待。

08
夜曲

作者：[西班牙]费德里科·加西亚·洛尔迦　朗读：李泓良

我极为害怕

死去的树叶，

害怕缀满

露水的草场。

我要去睡了；

你若不唤醒我，

我会把我冰凉的心

留在你身旁。

"远处的声响

那是什么？"

"爱人，

是风吹动玻璃窗，

我的爱人！"

我用曙光的宝石

串成项链给你。

为何要把我

遗弃在这路上?

你若去了远方,

鸟儿哭泣,

嫩绿的葡萄园

也再不会有佳酿。

"远处的声响

那是什么?"

"爱人,

是风吹动玻璃窗,

我的爱人!"

雪之谜题,

你永远不会知道

我本可以

怎样爱你

在一个个

暴雨如注的破晓

干枯的树枝上

散落了鸟巢。

"远处的声响

那是什么?"

"爱人,

是风吹动玻璃窗,

我的爱人!"

汪天艾 译
选自《提琴与坟墓:洛尔迦诗选》,
雅众文化 | 北京联合出版公司

- 诗歌作者 -

费德里科·加西亚·洛尔迦
Federico García Lorca,1898—1936

20世纪最伟大的西班牙诗人、群英荟萃的"二七年一代"的代表人物。其代表性的谣曲和深歌诗作完美结合了现代诗歌技巧及西班牙民间歌谣传统的语言特色,对世界诗坛产生了巨大的影响。主要作品有诗集《吉卜赛谣曲集》《歌集》《诗人在纽约》,戏剧《血的婚礼》等。

♫解读:
我们近在咫尺,又隔着万水千山
朱艳平 / 文

> 月亮出来的时候,
>
> 海水覆上陆地
>
> 心脏就像
>
> 无尽里的岛
>
> ——洛尔迦

一个人心里的话,认真说出来能被理解的究竟有多少?又剩下多少是只能深埋于心独自消解?

相顾无言,一种是我不必说,因为知道你会懂;另一种是明白你不会懂,所以我也不必说。

洛尔迦这首暗夜中谱下的歌,正让人体悟到后一种。诗歌以不断迭起的内心呢喃,以回环往复的对答,使越来越热烈的内心对峙现实始终如一的平静,最终呈现出一种精微的心灵奇观,即我们是如此近,又如此远——

　　我内心早已千回百转,但只化作微风,内心的滚滚爱意成了无法被破解的谜题。

　　茨威格在《一个陌生女人的来信》中以更加直白的方式描述此种苦恋的滋味:"我整个的一生,我的一生一直是属于你的,而你对我的一生却始终一无所知。"

　　毛姆将人在爱情里的失去写得透彻:"每当我想到你跟我在一起是愉悦的,每当我从你的眼睛里看到欢乐,我都狂喜不已。我尽力将我的爱维持在不让你厌烦的限度,否则我清楚那个后果我承受不了。我时刻关注你的神色,但凡你的厌烦显现出一点蛛丝马迹,我便改变方式。"

　　爱情何止是千丘万壑,更是一场冒险,也或许你只是在一扇紧闭的大门外苦苦等待。

　　心有千言万语,谱成一首只有自己听见的夜曲。

篇章二

自己的世界

09
天真的预言(节选)

作者:〔英国〕威廉·布莱克　朗读:丁翔威

一沙一世界,

一花一天堂。

无限掌中置,

刹那成永恒。

徐志摩 译

- 诗歌作者 -

威廉·布莱克
William Blake, 1757—1827

英国浪漫主义诗人、版画家。代表作有诗集《纯真之歌》《经验之歌》等。早期作品简洁明快，中后期作品趋向玄妙深沉，充满神秘色彩。

♪解读：
以渺小之名，做闪耀的自己
斑斑 / 文

诗人布莱克，终其一生都没有得到公众的认可，在他去世半个世纪之后，因诗集被重编才为世人认知其诗人兼画家的身份。

"一沙一世界，一花一天堂。"他用简单的意象和质朴的语言，阐明其意蕴无穷的洞思。在一粒沙中阅世界，一朵花里觅天堂，把握每个流逝的瞬间，大千世界便是由一个个渺小而单薄的个体组成。

大和小不仅是一种物理状态，更多是对生命的领悟。沙、石、花……再细微的事物，也有自己微妙而广阔的世界。生命的光芒便在于此，为自己创造经历，在世界留下痕迹，为短暂的事物赋予永恒的意义。

威廉·布莱克说，所有的形式都在诗意的构想中完美，但这不是抽象，也不是来自自然，而是来自想象。

我们的生活被有限的感知包围，然而对世界的渴望栖居在灵魂深处，等待被唤醒。

时空在指间流转，所有命运的起伏与跌宕，自我的崩塌与重建，这些在宇宙中更迭的瞬间，都成为了构建自我的永恒。

如宗白华在《中国艺术意境之诞生》一文里所说，艺术的意境有它的深度、高度、阔度，但都诞生于一个最自由最充沛的内在的自我，植根于一个活跃的、至动而有韵律的心灵。

每个人都有一个独属于自己的世界。生活总有起起落落，人生路上，不如怀揣着自我，去探索未知，在更大的世界里彼此相遇交融，在四季变幻中品味岁月的风味。我们活过的刹那，便是永恒。

10

"你独自一人"

作者:〔葡萄牙〕费尔南多·佩索阿 朗读:李岱昆

你独自一人。无人知道。安静,伪装,

并非杜撰的伪装。

不盼望任何东西而你尚未一无所有。

每个人做自己最重要。

你拥有太阳如果有太阳,

拥有树木如果你向树木走去,

拥有财富如果它属于你。

杨子 译
选自《每天都在悲欣交集中醒来》,湖南文艺出版社

- 诗歌作者 -

费尔南多·佩索阿
Fernando Pessoa,　*1888—1935*

　　生于里斯本，葡萄牙诗人、作家。他生前以诗集《使命》而闻名于世，被认为是继路易·德贾梅士之后最伟大的葡语作家。代表作有《惶然录》《守羊人》《使命》等。

♪解读：
最珍贵的拥有，就是你自己呀

乌有 / 文

> 愿你的天空万里无云，愿你那动人的笑容欢快明朗……为你曾让另一颗孤独的心得到片刻欣悦和幸福……
>
> ——陀思妥耶夫斯基《白夜》

不知什么时候开始，人们将生活幸福感的提升寄托于物质（消费），可满足感并不会持续很久，很快，你又去寻找下一个物品。

社会学家鲍曼说："在消费社会里，重要的是欲望，而不是欲望的满足。"我们每天处于巨大的信息绑架里，轻易被物品所指代的梦想生活勾起欲望，好像拥有某件物品，便拥有了另一种人生。

而欲望无穷无尽，物品不计其数，它们都在瓜分着小小的自我，把欲望东拉西扯，越来越模糊了真正所要的，我们最终被物占有。

有时更想做一个低欲望的人，成为一株植物，只用面对阳光和雨露。就"独自一人。无人知道。安静"，并非一无所有,而是不再去盼望更多东西,寄托于东西带来某种改变。

真正的幸福感不是外在短暂的获取,而是像泉水一般从内心涌出来的吧,如卢梭所言:"我所怀念的幸福绝不会由昙花一现的瞬间构成,而是一种质朴却持久的状态。"

幸福是一种状态,是对目前现状的真实满足,而不是依赖物质去营造假象。真正的拥有也并非依赖于金钱的交换,就像爱,从来不会符合物质交换的规则。

不争不抢,"你拥有太阳如果有太阳,拥有树木如果你向树木走去",拥有爱如果你向爱的人走去。

真正留下来的东西会成为你的一部分,慢慢生长出独属于你自己的幸福。

11
感觉

作者：〔法国〕阿蒂尔·兰波　朗读：赵滨

在蓝色的夏晚，我将漫步乡间，
迎着麦芒儿刺痒，踏着细草儿芊芊，
仿佛在做梦，让我的头沐浴晚风，
而脚底感觉到清凉和新鲜。
我什么也不想，什么也不说，
一任无限的爱在内心引导着我，
我越走越远，如漫游的吉卜赛人，
穿过大自然，像携着女伴一样快乐。

飞白 译
选自《世界抒情诗选：灰烬的光芒》，
天津人民出版社

- 诗歌作者 -

阿蒂尔·兰波
Arthur Rimbaud, *1854—1891*

　　法国天才诗人,象征主义大师,超现实主义诗歌的鼻祖。他用谜一般的诗篇和富有传奇色彩的一生吸引了众多的读者,成为法国文学史上最引人注目的诗人之一。

♫ 解读：
不如到外面走走，让生活鲜活起来
朱艳平 / 文

沐浴在夏日傍晚温热的晚风中，一个人漫无目的地游走，不想任何急切的事，没有特定的地方要去，唯一需要遵从的只有内心的感觉……

兰波的这首诗，简直是对时下流行的 City walk（城市漫步）的完美诠释。

所谓 City walk 其实并非什么新的理念，只不过是轧马路、遛弯儿的时髦说法罢了。它主打一个瞎逛，随意选择一条路，慢悠悠地逛下去，遇到喜欢的店就进去坐坐，发现好看的风景就停下仔细欣赏。《爱在黎明破晓前》中漫步在异国街头的准恋人，亦或侯麦电影中游荡在巴黎大街小巷的男男女女，便是其生动的演绎。

City walk 作为徒步旅行或生活方式有自己独特的魅力。与早些时候对时间、线路做好严格计划的"特种兵式旅游"相比，City walk 恰好是相反的例子。前者是将时间进行极限压缩，以求走过更多地方，作为一种报复性旅行方式,走马观花式漫游。而后者则恰恰相反,它以步行这一原始的、朴素的方式,用脚步来丈量身处的地方,以求更深入生活,更细致入微地观察身边真实的世界。

一爿漂亮的花店,一家好吃的苍蝇小馆,还有公园里传出的不那么专业却动听的歌声……因为悠缓的步调,那些平时因为生存奔忙而错过的细碎美好被重新发现,那些总是匆匆擦肩以至面目模糊的脸庞又再度清晰,生活似乎在一次 City walk 的体验中变得生动鲜活起来。

说来说去,当剥离开外在的标签,City walk 之所以引发追捧,或许就在其中那份可以沉浸在生活中的自在感和松弛感。

日常生活里,我们穿梭于家与工作地点之间的路线,顾及时间,会无心细看路过的风景。生活如一条笔直的轨道。

City walk,像是岔开一条小径,短暂偏离这条轨道。在一个可能的时间段里,卸下平日的重负,以最小的成本去发现生活里那些被忽视的动人细节。有机会邂近的这些风景,恰才是生活迷人的地方。

所以,不如趁周末出去漫步吧。随意选一条路,走走停停,偶遇一些轨道之外的美好。千万不要被 City walk 是某部分人的专属这样的字眼迷惑,去散步、去寻找美好的小事点缀日常,是任何人都可以追求的事情。

如果可以,你也可以选择下班后走路回家,感受下路边的树与花,四季变幻的风,雨天,晴时的夕阳。走路穿过时,它们在身体的两旁流动起来……

12
灰烬

作者：[阿根廷]阿莱杭德娜·皮扎尼克　朗读：代斯

夜晚碎成星星

迷蒙地望着我

空气投掷恨意

用音乐装点它的脸。

很快我们就要离开

晦涩的梦境

在我的微笑之前发生

世界显得消瘦

有挂锁却没有钥匙

有恐惧却没有眼泪

我要拿自己怎么办？

因为我所成为的都因为你

可是我没有明天

因为你……

夜晚受苦。

汪天艾 译
选自《夜的命名术》，S码书房 | 作家出版社

- 诗歌作者 -

阿莱杭德娜·皮扎尼克
Alejandra Pizarnik，*1936—1972*

　　拥有俄罗斯和斯拉夫血统的犹太裔阿根廷诗人，19岁出版第一本诗集，她曾获布宜诺斯艾利斯市年度诗歌奖一等奖，得到过美国古根海姆和富布莱特基金会的资助。已出版诗集《最后的天真》《失败的冒险》《狄安娜之树》《工作与夜晚》《取出疯石》《音乐地狱》。

♬解读:
你可曾想过,谁不是烟雾缭绕

朱艳平 / 文

> 风雨抹去我
>
> 像抹去一团火,抹去一首
>
> 写在墙上的诗
>
> ——皮扎尼克

"多找找自己的原因,有没有好好努力?"

但有时候,很努力就能过好自己的人生吗?

读皮扎尼克的诗,这种感受尤为强烈。她的诗中是"经年的缠斗,与静默,与深渊,与空无,与错乱",在黑夜之中,在词句之间,坠落与自救对峙、牵扯着她。

皮扎尼克自童年时起就极度敏感,并患有口吃、肥胖、哮喘,青年时期又患上了失眠症、周期性抑郁症。普通人的日常生活,她要付出巨大的努力才能勉强维持。

她于1968年出版的诗集《取出疯石》,名字源于中世纪画家博斯的同名画作，那时的欧洲人认为疯子的额前有一块疯石，取出后就能治愈神经错乱，让人重归正常。皮扎尼克以此来命名自己的诗集，含义不言自明。为了使自己不坠落，她以诗歌编织绳索，用词语挽救自己，努力让内心保持平静。

这是一场失败的挽救，结局以落寞收场，37岁的皮扎尼克在书房写下最后一首诗后，去往了夜的另一边。

但没有人能以不够努力来指责她，写诗、画画，漂洋过海到巴黎那片新大陆，甚至是一封友人的信，她努力抓住每一丝微光，已做完了能做的所有，尽管结局不如人意。

皮扎尼克更努力却没有更幸运，对诗艺的追求和对抑郁症的抗争都在人生的某个节点仓促结束。

但她赤诚感受过的一切就像灰烬之前跳动的火焰。

站在旁观者的角度去看，会反省：永远不要以自我的优越去苛求他人，只是简单地说工作不够努力，大环境不好，年轻人机会太少，都不足以描述人生的丰富与复杂,以及个体的多样性。

我们奋力前行,有时却如逆水行舟。只是用心做好一件事也实属不易,还能有所成就更是了不起。

世事艰辛无常,没能过好生活,努力与否一定不是唯一的归因,所以不必指责一个人只是过着平凡生活,没有远大前程。

有时候只是好好活着,就已经很厉害了。

13
寒夜的自我像

作者:〔日本〕中原中也　朗读:蔡紫

虽说不上身手敏捷

紧握着这一根缰绳

穿越这黑暗的地域!

只要意志明确

面对冬夜我不叹息

人们那唯有焦躁的哀愁啊

因憧憬而趋从的女人们的哼唱

像是对我细碎的惩罚

任其,刺痛我的肌肤。

踉跄着脚步却保持平静,

带着些许做作的心态

我劝谏我的懒惰

一边行走于寒月之下。

开朗,坦荡,且不出卖自己,

这是我灵魂的祈愿!

> 吴菲 译
> 选自《山羊之歌》,雅众文化 | 新星出版社

- 诗歌作者 -

中原中也
Nakahara Chuya,*1907—1937*

日本诗人。一生诗作并不多,只有360首左右,但他死后名声大震。主要作品有诗集《山羊之歌》《往日之歌》等。

♪解读：

任生活瞬息万变，我有沉稳安定的心

多喝水 / 文

> 那么，好的和坏的我们都收下吧
>
> 然后一声不响，继续生活
>
> 如此我们才能活得干净、自在，几乎接近幸福
>
> 如此我们才敢面对那些美好的事物，说：我爱着
>
> ——海桑

日常各种缜密的规划都赶不上变化，"变数"无远弗届地裹挟着我们的生活。

人们开始重新思考什么才是生活里重要的，也试着在喧嚣尘世中，寻找生活里的那份"确定性"。

保持内心的沉稳，少一些叹息，渴望活成一个自成体系的小世界。

漂泊异乡的人，辗转打工的人，待命一线的人……受外在环境的冲击，即便对外总是一副镇定的面孔，实则也难免举步踉跄……心生倦怠，幻想躺平，又

心存不甘——"步子小也好,只要实在往前走就好。"

我们偶尔会消极,好在不会消沉到覆水难收的地步。恍恍惚惚的生活靠自己苦中作乐。会担心收益逐渐单薄,志趣变得平淡吗?年底繁重的工作纷至沓来,写字楼里的人们正急迫地为年终的考核而竭尽全力,会担心自己会被"优化"而惶惶不安。有时,反躬自问纷乱中的自己——"急迫"的事都是最为重要的吗?"忙碌"的人都能获取满格的成就感吗?

跳出工作的泥沼,还有执着的考研大军,他们日日夜夜游过了多少关卡,即便消耗巨大,也不敢轻易松开缰绳——祈愿自己能顺利上岸——寻到人生那一处小小锚点。

"只要意志明确,面对冬夜我不叹息。"诗人里尔克的一段话,或许能将"叹息"转为"喘息":"要容忍心里难解的疑惑,试着去喜爱困扰你的问题。不要寻求答案,你找不到的,因为你还无法与之共存。重要的是,你必须活在每一件事情里。现在你要经历充满难题的生活,也许有一天,不知不觉,你将渐渐活出写满答案的人生。"

无论何时,我们都要"开朗,坦荡,且不出卖自己"。不要为赢得别人的欣羡而生活,更没有必要把"他者眼里的优异"作为自己的目标。

"多放一点关注在自己身上吧。不要和别人比较,专注找出你拥有的特质吧。当你在自己身上看出价值,你才会开始欣赏自己。"(松浦弥太郎)

14
只是一个片刻

作者:〔葡萄牙〕费尔南多·佩索阿 朗读:丁翔威

只是一个片刻

你把手放在

我的手臂上

这个动作

与其说有意

不如说因为疲惫。

当你把手

抽回

我是否有所感觉?

我不知道,但我仍记得

并感觉到

某种记忆

凝结成形

你的这个动作

也就有了

难以理解的

含义

但难以察觉!……

一切都是无有

但在诸如人生

这样的道路上

发生了一件

无法理解的事情……

我知道,无论

我是否感觉到你的手

放在我的手臂上

但我的心跳

在新的空间里

难道没有

一丁点

新的节奏吗?

如果你纯属

无意

把我触碰

那么就意味着

这将是一个

意外而永恒的神秘

你也许不知道

它是什么。

犹如一阵微风

轻轻吹拂枝头

言说

一件含糊而欢愉的事情

却浑然不知。

姚风 译

选自《我的心迟到了：佩索阿情诗》，

果麦文化 | 浙江文艺出版社

♫解读:
失去得来,都在一瞬之间
朱艳平 / 文

一阵微风吹过旷野,与我相遇。我想起你,轻念你的名字;我不再是我:我是幸福。

——佩索阿

佩索阿直至三十一岁才坠入爱河,之后又在婚姻束缚自由的恐惧之中决绝地离开。

在短暂的四十七年人生中,他自始至终没有步入婚姻,也只有奥菲丽娅一位恋人。

尽管如此,但在佩索阿丰富的文学创作中,爱情却始终是一个重要的、不可或缺的主题。"他涉及的题材还包括家庭、婚姻、男女关系,甚至性爱也是他议论的话题。"(姚风)

在佩索阿本名(或是异名者)写下的情诗中,有爱情显露时小心翼翼的试探:"感觉春心萌动的人,/ 却拙于言辞。/ 说出,像是在说谎……/ 缄默,像是在忘记……"有坠入爱河后的热烈滚烫:"两个灵魂彼此/走进生命之薪燃起双重的火焰。"有爱情失落时的淡淡忧伤:"爱你的时光一去不返,但我没有哭。/我哭,是因为我自然而然地不再爱你。"

或许正是对文字和生命的敏感,使他即使面对单薄的现实经验,也能精准地描摹出爱情的种种感受。

就像《只是一个片刻》这首诗,他就将心动时细腻敏感的心思写得传神无比。

只是对方一个不经意的动作,自己的内心却宛如有巨石投入的湖底。这样看似表面平静,内心却掀起巨浪的强烈对照,大概许多人都有深刻的共鸣。

仔细想想,不管是怦然心动的瞬间,两个人关系的确认,还是决意走向分离,似乎一段亲密关系里那些重大改变的发生,往往都是如此。

这种感觉,张爱玲在《半生缘》中写得极精准:"随便看见什么,或是听见别人说一句什么话,完全不相干的,我脑子里会马上转几个弯,立刻就想到你。"

不是轰轰烈烈，不是热闹非凡，而是不经意间发现就算拐弯抹角也会想到你，或是忽然发现有一天不再记起你，改变大约就是在这样的时刻被真实地确认。

生命一晃而过，最动人的往往是一些不经意的刹那。留在你记忆里的又是哪些片刻呢？

15
我想做一个自由而不真诚的人

作者：[葡萄牙]费尔南多·佩索阿　朗读：王铮

我想做一个自由而不真诚的人，

没有信仰，不承担义务，也没有工作。

监狱，爱的监狱我也不要。

你们别来爱我，我不喜欢。

当我唱出没有谎言的歌，

当我哭出伤心的泪，

我将忘记我所感受的世间万物，

我感觉我不再是我。

我是一个独行者，

沿途迎着轻风聆听音乐，

我流浪的魂灵

本身就是一首旅行之歌。

姚风 译

选自《我的心迟到了：佩索阿情诗》，果麦文化 | 浙江文艺出版社

♫解读:
活在自己的世界里,而非他人的眼光中
朱艳平 / 文

稍加检视诗人的人生,便明白这首诗在他的笔下是令人信服的。

佩索阿几乎一生都在里斯本的几条街巷上度过,长期在外贸公司做小职员,就算有良好的教育可供他从事更好的工作,他也不愿为此去承担更大的义务。为了不被婚姻束缚,他拒绝爱也拒绝婚姻,一生只爱过一个人,但终身未婚。

佩索阿一生珍视自由胜过其他,这也让这首诗像极了他的人生宣言。而在他的另一个名字"冈波斯"写下的另一首诗中,对自由的呼唤更是极致:

我告诉你我不需要它!请只给我自由!
我想和我自己相等。
不要用理想阉割我!

不要把我扎进礼仪的紧身衣!

不要把我变得令人尊敬、一览无余!

不要把我变成行尸走肉!

爱情、荣誉、财富,这些世俗社会推崇的事物,在诗人的眼中,却等同于紧身衣、让人变成行尸走肉的药。因而,为了保全自由,他决绝地抛弃这套社会行之有效的评价标准。

尽管我们少数人可以如诗人一般超脱,且于普通人而言,常常需要在责任与自由之间权衡,但诗歌仍给我们一个机会思考:究竟该如何对待外部世界的评价标准?

生活似乎自有一套隐形的模板规训着我们多数人:到了年纪该结婚,更瘦一些才好看,应该总是情绪稳定……

这些评价标准,有时候让人感觉生活像是一个需要打钩的行事历。你应该在合适的年龄做合适的事,应该按照人们期待的样子来生活,偏离主流叙事的行为则有可能被贴上"异类"的标签。

可是真的有理想生活的模板可供复制吗?满足外在种种衡量标准的完美人生你确定它存在吗?

电影《芭比》无疑再一次给出了有力的否定回答。影片通过戳破芭比完美设定的假象,给我们启发:所谓完美不过是一种枷锁,外界给你的标准也并不适合这世上独一无二的自己。

你可以自主地选择喜欢的生活。不必符合别人的评价标准;放弃做橱窗中的"完美"芭比,选择成为更好的自己。

要知道,太在意别人的评价和指指点点,都是在一点点扼杀自我的活力。

人生苦短,有时被误解何尝不是另一种幸运。至少你省去了解释的时间。试着主动隔离会消耗自我生命能量的人与事,在能力允许的范围内,要抓住全部的时间和能量自由自在做自己,活出自己想要的人生啊!

篇章三

城市生活

16
旅行之歌

作者:〔德国〕赫尔曼·黑塞　朗读:陈正飞

太阳,照进我的心里来,
风啊,吹散我的忧愁和悲恸!
除了走上遥远的旅途之中,
我不知道世间还有什么更高的欢快。

我迈开脚步,走向平原,
太阳会把我晒黑,大海会使我清凉;
为了对尘世生活获得同感,
我兴高采烈地将一切感官开放。

这样,每一天新的日子,
会给我介绍新的朋友、新的弟兄,
直到我能无痛苦地赞美一切力量,
成为一切星辰的宾朋。

钱春绮 译
选自《黑塞抒情诗选》,华东师范大学出版社

- 诗歌作者 -

赫尔曼·黑塞
Hermann Hesse,*1877—1962*

德国作家、诗人,诺贝尔文学奖获得者。主要作品有小说《荒原狼》《东方之旅》《玻璃球游戏》等。黑塞不仅对中国诗歌十分着迷,而且对中国哲学颇有研究。

♪解读:
出去走走,答案或许就在路上
刘路 / 文

找不到答案时,就去看一看这个世界。

——陈正飞《飞行记》

旅行,常常意味着找寻——打开世界的更多方式,编织人生的其他可能,或者安顿内心的一个地方。

赫尔曼·黑塞也曾踏上旅途,尝试从当时的纷乱中获得一方净土。从意大利、德国南部、瑞士到锡兰、新加坡,甚至苏门答腊的原始森林里,都留下了这位漂泊诗人的足迹。"他厌恶资本主义社会的现代文明,于是想到另一些陌生的地方,去寻觅他的理想的境界。"(钱春绮)

只是那些目的地似乎辜负了他,他绝望地回到自己隐遁的小天地里,改为不懈地向内求索。但这并不表明没有找到完美答案的旅行就没有意义。黑塞在旅途中"将一切感官开放",不断向生命的真相靠近着,他写下:"我们内心的憧憬就是 / 变得像精神一样,在精神

的光辉中闪耀/可是我们被创造成无常者、必死者/我们这些创造物承受着迟钝的重压……"(《思索》)

时移事迁,找寻一直在发生,而旅行无论是否即刻给出了明确回复,都被坚定选择着。

"我一直沉浸在一些没有结果的思考里……习惯性去放大一些微不足道的东西,就像我总抓着生命里的细枝末节刨根究底。"在《飞行记》的自序中,陈正飞坦言自己总被问题缠绕,"庆幸的是旅途从未结束,当然思考也没有停止"。

"很多问题,其实我们早就知道答案了,但人生不仅仅只是有答案就可以了,解题的过程同样重要。"从坦桑尼亚、以色列、墨西哥、土耳其到秘鲁、乌干达、希腊、中东、埃塞俄比亚,回顾漫长的旅途,行笔到后记时,陈正飞已经释然。

旅行所承载的从来不只有风景,还会有认知的校正、情绪的调节、文化的对比……它放大着我们动态认识世界与自我的点滴细节。在旅途中将自我剔除，可以看见天地万物，在陌生的环境里，也能够坦诚直面真实的自己。反复的剥离与融合，这何尝不是我们与自己、与世界、与生活和解的一种方式？

简媜曾写："旅行，是从固体的生活中抽离，蜕去时间、空间这一层皮，到他国异地寻觅另一个自己的活动吧！毕竟，再怎么风光明媚的自家山川，总有看腻的时候，不论何等荣华的身份，也会有想更换的念头。旅行，正好提供机会，让人从自身的禁锢中放心地飞出去，歇够了，再飞回来。"

出去走走吧，找个地方把平时积攒的纷乱思绪梳理一下，或者干脆放空自己，鲜活的生命力自会再次慢慢注入身心。

17
寻得之物（节选）

作者：[奥地利]赖内·马利亚·里尔克　朗读：蒋依依

在你身边是惬意的：
畏葸的时钟敲击着
好像来自遥远的日子。
来向我讲一件可爱的事吧——
只是不要太大声。

一扇门通向外面
落英缤纷的某处。
黄昏在窗玻璃上凝听，
让我们一直悄声吧：
无人知道有我们。

陈宁 译
选自《里尔克诗全集（第一卷）》，
商务印书馆

- 诗歌作者 -

赖内·马利亚·里尔克
Rainer Maria Rilke,1875—1926

奥地利作家,20世纪德语世界伟大的诗人,德语文学史上能与荷尔德林比肩的诗哲,对中国白话诗创作具有非常大的影响,一生创作了大量诗歌、散文、戏剧等作品。代表作品有《给青年诗人的信》《杜伊诺哀歌》等。

♬解读：
来向我说一件可爱的事吧
婵 / 文

　　仅仅活下去是不够的，你应该有阳光、自由和一朵可爱的小花。

——安徒生

　　来向我说一件可爱的事吧。比如——

　　在气泡水中放一枚小小的薄荷，看它随着搅拌棒愉快地旋转。

　　读本以为严肃的哲学书，却读到加缪与友人打架后，在回家路上倚在方向盘上哭个不停，把车开得左扭右扭，伤心道："他是我的朋友啊！可他竟然打我！"而在美国用不怎么好的英文演讲的萨特被吐槽话真多："他能说的不多，但嘴就是闭不上。"

　　早晨阳光用一根手指探开窗户。

　　傍晚在弄堂口排排坐的老人。老人的银发里藏着一粒偶尔掉落的小黄花。

寺庙里的乌龟也齐整整地爬上石头晒龟壳。

毫无顾虑地在车胎下躺平的小猫。

大人怀里抱着的婴儿戴了一顶小花帽子。水果摊上的水蜜桃也戴着荷叶做成的小帽子。

长着米粒般大小的椭圆叶子的胡椒木小盆栽。

在海滩上捡贝壳的大人。

枝头上带着茸毛的小青果和互相交谈的花喜鹊。

打车的时候,汽车后座上有一只带发条的玩具小鸭子。忍不住想拧几下。

周末逛宜家的时候,买一只小熊猫布偶。给它取个可爱的名字。

去花市买一堆植物回家,百合的香气涌出车窗,感觉自己坐拥一切。

从车窗看出去的时候,恰好是傍晚光景,一个晚祷时刻突然降临。

……

来向我说一件可爱的事吧,黑塞在《悉达多》中写道:"世界将是美好的,只要你就这么看着它,不作探究地看着它,单纯地、天真地看着它。月亮和星星美丽，小溪和河岸美丽，还有森林和山岩，山羊和金龟子，鲜花和蝴蝶也都美丽。这样漫游世界，这样天真地、清醒地、心胸开阔地、坦诚而无戒心地漫游，世界的确美好又可爱。"

只是，不要太大声。

18
愿我们有远大梦想

作者:〔波斯〕莫拉维·贾拉鲁丁·鲁米　朗读:丁翔威

愿我们有远大梦想。

愿我们的葫芦盛满水。

愿风为我们吹,水为我们流。

愿爱指挥我们。

绝世美人是我们的女王。

无时不在的爱属于我们。

好运气的灵魂是我们的同伴。

愿好运气与我们同在。

狂野又幸福的是我们。

我们吸引人们,像磁铁。

愿我们诱人的灵魂诱来秘密。

黄灿然 译

选自《火:鲁米抒情诗》,雅众文化 | 北京联合出版公司

- 诗歌作者 -

莫拉维·贾拉鲁丁·鲁米
Molana Jalaluddin Rumi,1207—1273

波斯诗人。一生主要以波斯语写作,也有少量以阿拉伯语、希腊语写出的作品。他与菲尔多西、萨迪、哈菲兹齐名,有波斯"诗坛四柱"之称。

♪解读：
愿你的世界里永远流溢着爱

李毅翔 / 文

"远大梦想"是什么样子的？是通过一场考试吗？是出版一本著作吗？是领导一个团队吗？在"远大梦想"这个词前，我们日思夜想的这些小愿望，经历史的风一吹，它们就湮灭于时间的长河里。

对于"远大梦想"，鲁米并不打算给出答案。他说："愿我们的葫芦盛满水。/ 愿风为我们吹，水为我们流。"不管这"远大梦想"是什么，它都不在脚下，在我们需要启程去寻找的远方。

或许，我们可以更功利地追问："这个'远方'有多远？"先知说："愿爱指挥我们"。原来，要锚定这"远大梦想"的方向，离不开一个古老的"爱"字。而这仿佛已经不是我们狭义理解的"喜欢"和"痴恋"，而是一项历史悠久的思想传统："爱，贫穷，服务。/ 三者都是生命的标志。"

37岁时，鲁米已是著名的苏菲派学者。这一年他遇到了同样学识渊博的游僧沙姆斯，二人一见如故。鲁米以沙姆斯为师，日夜交流思想，感情日笃；直到沙姆斯出走，永远在鲁米的生命中消失后，鲁米写下大量的抒情诗，并将之辑集成《沙姆斯集》。

鲁米的"爱"中，既脱离不了世俗意义上的"爱恋"，又蕴含着对知识和真理的沉迷。于是他写："我内心的平静，遭你的爱蹂躏。/你的爱把我从皮肉中解放出来。"

"爱"既是一种身体之内的情感体验，又是一种超越肉身的精神体验。我们确信，这些诗句与其说是写给沙姆斯这位"消失的爱人"，不如说是写给他在智慧和思想上孜孜不倦地追求的真理。

19
生命之线

作者:〔英国〕克里斯蒂娜·罗塞蒂　朗读:丁翔威

大地无应答的寂静大海无应答的声音,

向我说着同一信息同一个意思,

冷漠,冷漠,我们冷漠地站着,你也是,

被内心孤独的坚固的带子绑住;

我们不能把你绑在一起;

谁将把你从自我之链中解放?

哪颗心碰你的心,手放你手上?

我有时谦恭有时则骄傲,

有时我忆起从前的日子,

那时友谊似乎并不难找,

整个世界和我并非冷漠如此,

在彩虹的脚边肯定埋着黄金,

希望感到强壮,生命并非软弱拘谨。

陆风 译
选自《在寂静如语的梦里》,
雅众文化 | 外语教学与研究出版社

- 诗歌作者 -

克里斯蒂娜·乔治娜·罗塞蒂
Christina Georgina Rossetti，1830—1894

二十世纪英国著名女作家弗吉尼亚·伍尔夫认为,"在英国女诗人中,克里丝蒂娜·罗塞蒂名列第一位,她的歌唱得好像知更鸟,有时又像夜莺。"

徐志摩既是罗塞蒂诗歌的爱好者,也是她诗歌的翻译者,他曾翻译罗塞蒂诗作《歌》,后来由罗大佑谱曲,成为张艾嘉成名曲之一。

J.K.罗琳受到罗塞蒂诗作《哀歌》的影响,引用其中诗句作为自己侦探小说书名。

♫解读：
人与人需要相互扶持才能完成人生
朱艳平 / 文

"我听别人说这世界上有一种鸟是没有脚的，它只能够一直飞呀飞呀，飞累了就在风里面睡觉。这种鸟一辈子只能下地一次，那一次就是它死的时候。"

——电影《阿飞正传》

借着《阿飞正传》，导演王家卫编造了这个无脚鸟的故事，向人们诉说着在大千世界人与人彼此隔绝的飘零之感。

这种飘零感，在今天正被人们前所未有地感知到。今天世界天涯比邻，借着几寸的屏幕，我们几乎可以遍览整个世界的精彩，可以与现实中一辈子不会见面的人对话，我们的眼界变得更宽、更广。

但天涯比邻，回头看身边，擦肩而过者却又是从未有过的咫尺天涯。我们都习惯于生活在自己虚拟的世界中，而全然忽视身边真实的人。

科技愈来愈发达,现实世界中人与人的连接正变得愈加脆弱。现今真实世界之中人与人的交流,似乎也变得越来越"非必要"。

前段时间,一部名为《你好,再见》的短片,便设想了现实之中人与人交流完全断裂的可能。在这个设想中,到了科技足够发达的2062年,人们只需戴上一个设备,便可以选择关闭聊天权限。一旦权限关闭,别人便仅能对自己说10句话。

在这样的情况下,人与人正常的交流都已变得不再可能,更不要说进一步的倾诉与聆听,人成了真正意义上彼此孤立的个体。

正如罗塞蒂在诗中所言说的苦闷:"冷漠,冷漠,我们冷漠地站着,你也是/被内心孤独的坚固的带子绑住",我们都将自己捆绑,都对他人的世界冷眼旁观。

可作为人,我们无法剥离掉社会性动物这个属性,我们先天就注定是要彼此连接的。正如爱默生所言:"人们是需要在相互的扶持中才能够共同走过人生的。"

没有人可以是一座孤岛,我们都是"人"这个大陆中的一片。我们需要与真实的人连接、交流,而不是活在冷漠与闭塞中,成为一只游荡于虚拟世界,始终无法在现实里找到归依的无脚之鸟。

有时请做一个参与者吧,看着那个人的眼睛说话。开心的联结会产生血清素,让嘴角会不自觉上扬,人会变好看。你试下。

20
倾听

作者：〔英国〕D.H.劳伦斯　朗读：赵又廷

在所有的声音中，亲爱的，
我倾听来自你的寂静声息。
每当我开口，我就感觉到
你的寂静俘获了我的话语。

我的话语从熔炉之中
只是飞出了零星碎片，
我见到寂静轻而易举地
将我的话语吸进一片黑暗。

云雀的歌唱响亮又欢畅，
但是我宁愿寂静出面
攻克鸟儿以及鸟儿的歌声
让它们不再呈现。

一列火车呼啸着奔向南方，

冒出的蒸汽如飘荡的旗帜。
我看见寂静秘密的身影
沿着道路挺进,寸步不离。

于是从世界的熔炉之中
冒出无数人们的言语火星,
在生命的气流中旋转,
奋力填充夜晚的空洞。

然而它们无法改变黑暗
或者以声音让其退缩。
在一片完美的寂静之中
唯一的浮标便是星辰闪烁。

吴笛 译

- 诗歌作者 -

戴维·赫伯特·劳伦斯
David Herbert Lawrence,*1885—1930*

20世纪英国小说家、批评家、诗人、画家。代表作品有《儿子与情人》《虹》《恋爱中的女人》和《查泰莱夫人的情人》等,1923年出版的《鸟·兽·花》被人们认为"是对诗歌艺术的独特贡献"。

♬解读:
把心事说给你听，很轻很小心
哆啦 / 文

> 像这样细细地听，如河口
>
> 凝神倾听自己的源头。
>
> ——茨维塔耶娃

成年人的生活，每天都有应接不暇的"事件"候着我们应对。很多时候，你必须得从生活的事务里抽身，去谋生，同时也要让自己保持良好的状态。

"对细小的声音，侧耳倾听；对巨大的声音，保持质疑。"（伊藤诗织）这个时代一定会教给我们一些东西，让我们更加深刻地思索自己的处境，思考自己和世界的关系。而人与人之间，最难的是理解。

无论在友情、亲情，还是爱情里，最为动听的暖言大概就是一句"你说，我在听"。

成家立业的人，虽说成熟且有担当，但这成熟并不意味着很多情绪能独自领受，暗自消解。倾诉是可贵的，很多烦忧，说出来的那一刻便能释然几分。

你愿意倾吐，我愿意聆听。参与彼此经历的幽暗时刻，并给予最及时的宽慰，试着让对方意识到"生活里没有过不去的坎"，生活能治愈的，是愿意好起来的人。

有人说，要珍惜生活里听你说"废话"的人。而良好的亲密关系更需要尊重与倾听。

试想，当你有很多话想倾诉，自然期望有人倾听，也期望对方能够接住自己的情绪，并给出同频的反应。当一方始终漠然，你可能会知趣地停止交流，但长久的冷漠，势必会让爱出现裂痕。

我们身处一个信息冗余的世界，却常感那些真正属于自我的倾诉无处安放。更多时候，我们需要倾听自己内心的声音，让每一次呼吸都变得有意义。

让情绪自由地来

静静地待一会

然后走掉

身体的每一部分都只倾听自己的声音

(埃利亚斯·卡内蒂《人的疆域》)

诚如心理咨询师崔庆龙所言:"在今天,我们需要对话,但我们不知道与谁对话。当分享痛苦本身变成一种痛苦时——不被理解和回应,人就会放弃这种分享本能。而这,也是当今社会愈加稀薄的部分,虽然互联网上的声音无处不在,但在关乎内心真实情感的地方,人们都在集体失语。"

对诗人劳伦斯来说,无数人们的言语,"在生命的气流中旋转,奋力填充夜晚的空洞"。可惜却改变不了黑暗,更不能使黑暗退缩。

世事艰难,难逃失意时刻,但愿我们能多一份耐心倾听,少一些偏见;活着能多一份光亮,少一些幽暗。

21
我不知道是否星星统治了世界

作者:〔葡萄牙〕费尔南多·佩索阿　　朗读:隋咏良

我不知道是否星星统治了世界,

不知道是否纸牌——

纯粹玩玩的,或塔罗牌,

能揭示什么真理。

我不知道是否骰子一掷

能够导致什么结论,

但我更不知道

按多数人的方式那样活着

是否就能做到什么。

是的,我不知道

是否应相信这每天必升的太阳

它的真实性无人能够担保,

也许相信另外一个太阳

会更合宜(因为它更好、更方便)——

一个把夜晚照亮的太阳——

某种超越我的理解力的

深刻的、对万物的照耀

现在……

(让我们慢慢来)

现在

我对楼梯扶手有一种绝对可靠的把握,

我用手握住它——

这不属于我的扶手,

往上时我靠着它……

是的……我往上……

上到这里:

我不知道是否星星统治了世界……

杨铁军 译
选自《想象一朵未来的玫瑰:佩索阿诗选》,
中信出版集团

♫ 解读：
生活全看我们如何把它造就

婵 / 文

"你是活了一万多天，还是仅仅生活了一天，却重复了一万多次？"

——佩索阿《惶然录》

大多数时候，我们很容易跟随这条路走下去——工作、吃饭、回家、睡觉，从周一到周五，接着，我们拥有两天茫然无序的周末，又再次重复和过去一周一样的生活。

直到有一天，加缪在《西西弗神话》中这样描述这一个怀疑的瞬间："'为什么'跳出来了，而一切就在那种带着诧异感的疲倦中开始了。"

我们面对世界偶尔有一种陌生感，在这样一个充满未知的神秘宇宙中，人类仿佛是外来者。

正如我们所知道的那样，一切观察的结果都严格地系于观察者的位置和环境，因此理性和客观只是虚妄和荒谬。

即便我们有了一瞬间"绝对可靠的把握",也终将通往"我不知道"。面对宇宙,面对世界,面对个人微小的生活,我们都只能回答:"我不知道。"

自我们被抛入这个世界起,便找不到绝对的安稳,我们唯有在各自的境遇中,去选择自己的道路,体会自己的人生。而宇宙自身也同人类一样困惑和痛苦。

《花朵的秘密生命》一书中,提到哲学家和科学家共同整理的一些宇宙规律:

> 宇宙有着趋于复杂的倾向。
> 宇宙是个紧密联结的网络。
> 宇宙以达到对称为目的。
> 宇宙有自己的节奏。
> 宇宙倾向自成一体的组织系统。
> 宇宙依靠反馈和回应维持。
> 因此,宇宙是善变而不羁的。

> 人类亦然。

但这并非意味着生命不值得经历。

造物者赋予了人类另一种神奇的天赋,即便我们无法理解宇宙星辰,无法看清命运或真理,无法"相信每天必升的太阳"……仍可感知它们的光与热,感受它们以某种无法言说的秘密方式透露它们的本质。

"有时我听风过耳,我觉得为了听风过耳也值得出世为人。"(佩索阿)

篇章四

我走进房间

22
梦见你

作者：[德国]赫尔曼·黑塞　朗读：冷心清

常常，当我

上床就寝，

等我眼睛闭起来，

雨用潮湿的手指叩着窗板，

那时，你就向我走来，

像苗条的迟疑的小鹿，

从梦乡悄悄地来到我身旁。

我们一同漫步，或者游泳，或者飞翔，

穿过森林、河川、喋喋不休的兽群，

穿过星星和闪着虹光的浮云，

我和你，在中途往故乡同游，

大千世界的千姿百态围在我们四周，

时而在雪中，时而在炎炎的阳光里，

时而分离，时而又靠在一起，

我们手拉着手。

早晨来临,梦影消逝无踪,

它深深地沉入我的心中,

它在我心里,却已不属于我,

我郁郁寡欢,默然开始白天的生活,

可是,我们还在某处走动,

我和你,置身在纷纭的万象之中,

狐疑地穿过充满魅力的人生,

它使我们眼花缭乱,却骗不了我们。

钱春绮 译

选自《黑塞抒情诗选》,华东师范大学出版社

♬解读:
我们有责任,把仅有一次的人生过好
肖尧 / 文

> 一个成熟的人没有任何职责,除了这个:
> 寻找自己,坚定地成为自己,
> 不论走向何方,都往前探索自己的路。
>
> ——赫尔曼·黑塞

黑塞终其一生都在探寻自我,从青年时代直到晚年他都没有停止过写诗,并深受德国浪漫主义的影响,游弋在理想与现实之间。

梦境里的精神幻想与现实中的纷纭万象,情欲和理性、艺术与生活这些都是每个关注自我、关注自身命运的人必会面对的人生课题。

"你并非爱的目的,而是让我去爱的动力。"(黑塞)

在爱情的世界里,有人迟钝,也有人洞明,但这并不妨碍人们坚守自我,一如黑塞之言:"爱不必请求,也不可要求。爱必须成为自己明确肯定的力量。它便不再是被牵引,而是去牵引。"

诗里真切的情绪与生动的细节,似乎在某一刻我们也曾有过共振:大千世界的千姿百态围在我们四周,我们时而分离,时而又靠在一起。

命运和性情是同一个概念的两个名字。

阅读黑塞这首作品,让人感觉好像就在写我们自己,那是一股温情脉脉且无以名状的情绪,仿佛苏醒后才有更深的体味。

"梦的内容是由意愿的形成,其目的在于满足意愿。"这是精神分析学家弗洛伊德的发现,梦是内心深处最真实潜意识的表达。黑塞的这首诗似乎也为"爱的遗失"刻下了诗意的注解。

人生难免会郁郁寡欢,但依然要清醒:"我不再将这个世界与我所期待的,塑造的圆满世界比照,而是接受这个世界,爱它,属于它。"(黑塞)

我们会在放松的状态下忘掉忧思,也会在沉睡中认领一段期待已久的美梦。

或许,可以贯彻诗人黑塞的主张,人生最重要的还是不断重构自我，默然开始自己的生活，找到爱和存在的意义。

不能重启的人生，请好好爱自己。此刻，不妨以黑塞的文字为结束语。

明天会变成什么？

会变成一束鲜花，一颗流星，

一个愿望会变成一个誓言，一句祝福，

明天会变成你余下生命的第一天。

23
雾中

作者：[德国]赫尔曼·黑塞　朗读：白澍

在雾中散步真是奇妙！
一木一石都很孤独，
没一棵树看得到别的树，
棵棵都很孤独。

当我生活明朗之时，
在世间有很多友人；
如今，由于大雾弥漫，
再也看不到任何人。
确实，不认识黑暗的人，
绝不能称为明智之士；
难摆脱的黑暗悄悄地
把他跟一切人隔离。

在雾中散步真是奇妙！
人生就是孑然独处。

没一个人了解别人,

人人都很孤独。

钱春绮 译

选自《德国诗选》,人民文学出版社

♫ 解读：
与自己相处是永恒的命题

朱艳平 / 文

上帝借由各种途径使人变得孤独，好让我们可以走向自己。

——黑塞《德米安》

在雾中行走，会生出一种宛如做梦的恍惚感。世界像是摇晃的水中倒影，影影绰绰，间隔几步的人就面目模糊，身边的一切都被一种不确定性包裹。除了自己，其他的一切都好像飘忽着，看不真切。

这亦是生活本身的一种比喻，往事终究会如烟，回头看，时间越久、距离越远的事就越是迷蒙，旧日子只剩下一片白茫茫的幻影；往前看，未来的日子同样大雾弥漫看不真切，会遇见什么样的人，会经历什么样的事，会在哪个时间点得来失去，一切都是没有答案的谜题。

来路已被遮掩，去程仍未可知，我们能看见的唯有自己，确定拥有的只有当下。于是，看着眼前灰白的世界，有时难免生出孤独，如李银河在给王小波的信中写道："我今天晚上难过极了，想哭，也不知是为什么，我常有这种不正常的心情，觉得异常的孤独……就像那首诗说的，像在雾中一样。"

未知的一面或许可怖，但它的另一面也写着希望。正因为不知道将会发生什么，所以才充满希望，才值得期待。

王小波回信："你害怕雾吗？有一首诗，叫《雾中散步》。雾中散步，真正奇妙。谁都会有片刻的恍惚，觉得一切都走到了终结，也许再不能走下去了。其实我们的大限还远远没到呢。在大限到来之前，我们要把一切都做好，包括爱。"

因为看不清楚未来，所以当下确定拥有的才会更加珍惜、更加爱。而那大雾给我们的孤独，也正是我们走进自己的时刻。

"人生就是孑然独处／人人都很孤独",一如雾中的树看不见彼此,孤独也是我们的宿命,但孤独的另一面叫作自由,在孤独之中你与自己对谈,寻找自己、看见自己、成为自己。

"一个成熟的人没有任何职责,除了这个:寻找自己,坚定地成为自己,不论走向何方,都往前探索自己的道路。"(黑塞)

24
晚上

作者：[法国]彼埃尔·勒韦尔迪　朗读：冷心清

房屋和天空之间

一切都在膨胀

因为风吹着

星星从壁炉里升起

一个接一个它们固定

深处

一大群人

在跳舞

但有些人渴望下来

人们又把你接走

今夜

白昼亮得要晚些

一种沉得很的疲劳

应该再多待会儿

云追随空气

亮光鱼鳞般剥落

变形的地平线打哈欠的嘴

树才 译

选自《被伤害的空气》,世纪文景｜上海人民出版社

- 诗歌作者 -

彼埃尔·勒韦尔迪
Pierre Reverdy, *1889—1960*

20世纪初期法国著名诗人、超现实主义诗歌的先驱之一。他的诗歌兼具现代主义的抒情特征和行云流水的大师风范。著有诗集《椭圆形天窗》《屋顶上的石板》《青天的碎片》等。

♬ 解读:
夜晚拥抱忧愁,然后解开它的发辫

朱艳平 / 文

什么是夜晚?

出售星辰之书的书商。

——阿多尼斯

在越来越卷,越来越忙的生活里,白昼的时间好像被出售给了别人,而夜晚才真正属于自己。

过往,人们常将夜与未知的恐惧相连,但如今提及夜晚,则更多将它视为喧嚣白昼的对面,是一种幽暗的寂静。

当夜的幕布缓缓拉起,晚风吹拂,群星上升,月光越来越明朗,白昼里疲惫不堪的、悬空的心开始缓缓降落,一种宁静的甜美和不厌的期待便生发出来。

清凉的月光似有穿透的力量,它照亮了人世间的繁华,照亮了人世间的艰深,也照亮了沐浴其中的我们。

白日里,我们被社会秩序卷入,成为其中一环,自己退居其后。而那些不被白天收留的部分,夜晚自会收留。大抵也因此,诗人亚当·扎加耶夫斯基形容"夜晚是一个蓄水池",它接纳着那些白日里无法安放的情绪。

深邃而神秘的夜晚,也是摊开自己、怀念往昔的绝好时候。夜晚的天空如一圈圈水波,荡涤开哀愁,也将思念卷来。

天空中的每一颗星辰都承托着不同的故事,住满了我们思念的人和事。遥望星空,仿佛与那些怀念的前尘往事又遥遥相望、隔空相拥。夜晚之所以给人安慰,这大概也是一个缘由。

夜晚除了为我们提供退省的时间外,它还是一段诗意的空隙,使我们关照自己也关照内心。

半明半昧的星光下,作家傅菲在《深山已晚》中写道:"星光也落在我手上——一双近乎僵硬的手,已多年失去心理学意义,限于搬运、挖掘,而不知道拥抱相逢和握手相别。"当月光倾洒而下,我们从生活的紧迫中剥离,在这间隙中可以感受到片刻生命的诗意。

我们终要脱下白天的喧嚣和浮华,回到自己的内心,沉浸在一个可以看到星星的夜晚。

25
我走进房间

作者:〔葡萄牙〕费尔南多·佩索阿　朗读:余皑磊

我走进房间,关上窗户。

他们送来灯盏,然后道声晚安,

我也安静地道了一声晚安。

但愿我的生活永远这样:

白天充满阳光,或者落着柔软的细雨,

或者在一场暴风雨中毁灭世界,

愉快的夜晚,人群结伴走过

我透过窗子好奇地观察他们,

最后一次深情地凝视安静的树林

随后,关上窗户,点燃灯盏,

我不再读什么,也不再想什么,甚至也不睡,

突然感到生命涌过我全身,就像河水漫过河床,

而外面,无边的沉静如一尊熟睡的神。

程一身 译
选自《坐在你身边看云》,人民文学出版社

♪解读:
夜晚如迷雾中的酒馆,我便在其中独醉

盖茨比 / 文

> 我从遥远的时间回来我从孤单的地平线回来回到我原本在的地方,不再远行。
>
> ——海桑

夜晚比白天更值得谈论,因为它属于少数人。白昼的虚晃摧毁着一切,无论是阳光细雨,还是暴风雨中的毁灭,都像是与魔鬼签下的契约,要将我们生活的意义统统裹挟和献祭。

直到夜晚倏然来临,我们小心翼翼地"走进房间,关上窗户",和送来最后一盏灯的人互道晚安,才发现夜晚早已呼之欲出,迫不及待地要吞噬白日积攒的心事,把我们的时间和意义全部归还。

此时的我们独自在空旷的房间里,世界也仿佛以真实的面貌横亘在面前,我们的官感开始变得细微而绵长,隐藏在时间背后的光芒开始逐渐显现。

灯盏在白墙上映出的影子,窗外结伴的人群走过时的交谈,"安静的树林"里窸窣的落叶,我们沉浸在这样一种沉思的气息和氛围之中,仿佛夜晚的时空会随时裂开一条缝隙,欲将生命的奥秘全部泄露。

"我不再读什么,也不再想什么,甚至也不睡",我们尽情享受着这一刻的生命如"河水漫过河床"般涌过全身,将白日一切的死寂、阴郁和辉煌补偿。

佩索阿喜欢黑夜,更喜欢谈论黑夜。"我在这长久的随意之中是一个更为真实的自己,象征着灵魂的半醒状态,我身处其中并安慰自己。"(《惶然录》)

在另一首诗中,他醒来发现身边躺着一只嘀嗒走动的闹钟,这"布满齿轮的小东西"仿佛白日的影子,操控着时间也遮蔽着一切,但它"并未用它的渺小 / 充满夜晚"(《我突然从夜间醒来》),因为夜晚才是巨大的、永恒的时间所在。

也许,正如诗人艾略特所言:"钟声响亮 / 计算着不是我们时间的时间"(《四个四重奏》),夜晚、房间和独处隐秘地组成三位一体,这一刻才是真正属于我们的时间。

这一刻的时间无法用钟表衡量,只能用生命去感受,而生命,在夜的起伏中达到了顶点。

26

星辰时刻

作者:〔西班牙〕费德里科·加西亚·洛尔迦 朗读:佟晨洁

无尽之地的

五线谱上

夜晚圆润的静默。

我裸身走到街上,

遗落的诗句

成熟在胸。

蟋蟀的歌让那黑色

满是孔洞,

黑夜的声音里

有死去的

狂妄的火焰。

那是灵魂

感知到的

音乐的亮光。

千只蝴蝶的骨架

在我的领地里睡去。

河面上吹过

青春的微风迷狂。

汪天艾 译

选自《提琴与坟墓：洛尔迦诗选》，

雅众文化 | 北京联合出版公司

♪解读：
你是永恒的星辰，照亮我的夜

乌有 / 文

> 当夜色将柔和的金角弹拨，
>
> 当星星在运转风儿沿着黑暗的轨道吹过，
>
> 她的枝叶便开始凋落。
>
> ——洛尔迦

在德语中有一个很美妙的词："Sternstunde"，意为"恒星时刻"，指人生中那些戏剧性、转折性的时刻，茨威格形容说："我这样称呼那些时刻，是因为它们宛如星辰一般永远散射着光辉，普照着暂时的黑夜。"

是的，总会有那样的时刻，我们站在"夜晚圆润的静默"里，抚平受伤的棱角，捡拾遗落的词句，去看清生活的来龙去脉，看清一个个来来往往的面庞。

也许，你正站在抉择的路口，看不清路途的样貌，却心往另一座城市或国家；也许，你正面临生命新的阶段，新的家庭，新的生命；也许，你正准备放弃一段关系,放弃一种生活方式……

无论做哪一种选择,迈出如何的步伐,去遵循内心的指示,看到那"灵魂感知到的音乐的亮光",总会有点点光芒闪烁的时刻,不一定要照亮什么,内心的透亮才足以拥有光芒。

韩国作家金爱烂说:"痛苦不是因为不幸……而是因为等待幸福的过程太乏味。"我们总是在黑夜期待漫天星光,期待闪烁的明亮,期待有个人走向自己,带着爱与光。

黑夜微茫,照见一地的"青春迷狂",风吹不走黑色,却吹动了一切暗自沉底的思念与回忆,那些在生命中留下刻痕的人与事,那些转变了人生路途的时刻,便如同黑夜中始终明亮的星辰。

它们还会一颗颗地不断增加,而生命如此漫长,暗淡的日子里,想起这些"星辰时刻",想起于你而言如星辰般闪耀的人,心也会如河流淌过般明亮起来。

德语中还有一个词:"Augenstern",意为:"眼里的星辰",意思是"你最心爱的人"。如星辰般闪烁的你,在我眼里从未变过。

27
冬日

作者：〔奥地利〕赖内·马利亚·里尔克　朗读：丁翔威

我爱往昔的冬日再不是因为山野活动。

天气有点冷，可那是多么坚强峭丽，

用一分勇气去冲刺吧，

为了重回到家，看星空雪白、闪烁、猎人的刀带。

火，围着这巨大的火，我们心里都有了安慰，

这是，一盆熊熊的火，真正的火焰。

字写得歪歪斜斜，手指都冻僵了；

快乐的梦思和交谈勾起

多少过去冬日的回忆。

多流连一会儿吧……

回忆来了，这样近，我看到它比夏天更清晰……

冬天，什么色泽都隐藏在内部，

大地成了一幅木刻的画帧。

林木

悄悄地在自己家里工作，对着灯。

徐知免 译

注："猎人的刀带"指猎户星座，冬天总是在黄昏时升起。

♪解读:
相见亦无事,别后常思君
目的地 / 文

现在,把思绪放得远一点,为自己想象一个和日常生活无关的、遥远的自然,比如极北之地的大陆上,被冰雪覆盖的山林,一望无际的白色雪原。

这样偏远、僻静的地方,冬天的太阳也是淡淡的,天色不一会儿便暗了下来,漫漫长夜开始展开,安静,没有车,没有鸣笛声。

你回到家,可以什么都不做,只是围着火炉,静静地坐着,看看天气,看看深邃的星空,想想晚餐,关心炉子里的柴火。

时间以一种缓慢而规律的节奏流淌。这是一个冬天,又是一个寻常的夜晚,浸透全身的温暖使人舒心,你也得以重新想起一些或远或近的事,一些早已忘怀的人。

"多少人烤过火、吐过沫、做过梦在炉火边,回忆爱青春、胜利、幸福的时光,以及回忆的枉然。"(R.

S. 托马斯《梦见》)

火，总是能给人巨大的安慰。想起幼年上学时，在雪地里踏行，唯一的温暖，来自手中紧握的火炉，里边放上几块烧得通红的炭，用灰半掩，微微的火光暖暖乎乎。

也想起无数个冬夜里，风透过窗户的缝隙吹进屋时，摇曳的火光，炉火边漫长而琐碎的交谈。北风凛冽、天色阴沉的严寒季节，唯独家是最让人感到安全的地方。

等到天气再冷些，更不想出门的时候，还可以窝在家中的火炉旁，看电视，约上许久不见的朋友，聊一聊过去一整年发生的故事。

或许，冬夜总是吸引人的。日子慢了下来，于是人也可以慢下来，去思考，去沉静，去生活。

28
期盼的灵魂

作者:〔芬兰〕艾迪特·索德格朗　朗读:冷心清

我独自待在湖边的树林里。

我和湖畔年迈的松树亲密相处,

与年轻的花楸树心心相印。

我躺在地上等待,

没人经过我这里。

硕大的花从高高的枝上投来目光,

苦涩的藤蔓钻入我怀抱,

我只有一个名字奉献给世界,那就是爱。

李笠 译

选自《我必须徒步穿越太阳系:索德格朗诗全集》,

湖南文艺出版社

- 诗歌作者 -

艾迪特·索德格朗
Edith S.dergran , 1892—1923

全名为艾迪特·索德格朗,芬兰瑞典语女诗人,北欧文学史上最伟大的作家之一,其诗歌在芬兰、瑞典家喻户晓,被认为是"瑞典语迄今为止最有力量、最解放的诗歌"。索德格朗是北欧现代主义诗歌的开拓者,名字常常与艾米莉·狄金森、安娜·阿赫玛托娃等人相提并论。

♫ 解读：
周末，躺着回到生活

晓弦 / 文

索德格朗的这首诗是一种提醒。她展示了"我"和"独处"的意义，"爱"与"世界"的关系。

不可否认，我们的生活已然被撕裂为许许多多的碎片。我们所拥有的完整的、专注的、通达的快乐也已不多见。像索德格朗这样的独处时光，可以说是一种自我的修复。它对于治疗我们的慌张、躁动和焦虑，是一剂良药：独自待在湖边，与年迈的松树亲密相处，与年轻的花楸树心心相印——"我"就那样躺着，没有一个人经过，只有花、藤蔓以及内心升腾起来的、想要奉献给世界的爱。

这听起来有点玄妙，但是值得一试。没有一片湖泊、一处树林，我们或许还有一角阳台，一个小窗，一方小桌，一盏小灯。

只要你想独自待一会，哪怕只是片刻与寸土，一个独属于你的、完整的世界都会在某个瞬间，迎面走来,将你环抱。

  为什么"完整的世界"对我们比较重要呢?

  因为我只有一个名字奉献给世界:那就是爱。

篇章五

重新开始的时刻

秋日

作者:〔德国〕赫尔曼·黑塞　朗读:丁翔威

森林的边上闪着金光,

我独自走在这条路上,

这里,我曾和我的恋人

双双走过不知多少趟。

许久以来,在我心中

暗藏着的烦恼和欢喜,

碰上这些愉快的日子,

全消融在远方的雾气里。

在野火的烟气之中,

乡下孩子们跳得多欢畅;

我也开始唱起歌来,

像一切别的孩子一样。

钱春绮 译
选自《黑塞抒情诗选》,华东师范大学出版社

♫解读:
让生命有所停顿，有所沉吟
婵 / 文

>   不再纠缠，不再索求，
>
>   只是轻轻哼着童年小调，
>
>   在温暖美梦中，
>
>   奇迹般回归故园。
>
>   ——赫尔曼·黑塞

秋天真好。在阳光普照的秋日里，幸福变得具体而生动。

在树林里漫步，将落叶踩得咔嚓作响。树叶在秋风里雀跃。一片叶子轻轻落在自己的影子里。阳光穿过雀跃的树叶滴下醇美的蜜，闪烁在周围的空气里。桂子飘香，也是蜜样的鲜甜馥郁。街边的糖炒栗子也诱人，一口便甜得让人发晕。

许久以来，在我心中

暗藏着的烦恼和欢喜，

碰上这些愉快的日子，

全消融在远方的雾气里。

瘫坐在公园的长椅上长长地舒一口气，乐于让阳光将自己晒透。没由来哼唱在脑中萦绕许久的无名曲，周遭的声响都配合着轻缓柔和起来。

于是感到秋天仿佛在糖水罐头里浸过，时间凝滞在这一刻，心里只剩下纯洁的甜蜜与幸福，没有对过往的挂碍，亦无对未来的期盼。"不必思考，不必知晓，/只是呼吸，只是感受！"（赫尔曼·黑塞《克林索尔的最后夏天》）

人需要这样放慢脚步的时刻，正如夏天和冬天之间需要秋天，"让生命有所停顿，有所沉吟。"作家迟子建写道："当生命的时针有张有弛、疾徐有致地行走的时候，我们的日子，才会随着日升月落，发出流水一样清脆的足音。"（《红绿灯下》）

秋天真好，万物都甜美，温柔，缓慢，安详。秋日，我们的身体又重新长出诗篇。

30
每一种事物都在它的时间里拥有自己的时间

作者：[葡萄牙]费尔南多·佩索阿　朗读：冷心清

每一种事物都在它的时间里拥有自己的时间。

树木在冬天不会开花

春天的田野，看不到白色的冰寒。

丽迪娅，白天要求我们付出的热情，

不属于正在到来的夜晚。

让我们更加平静地热爱

我们捉摸不定的生活。

围坐在炉火边，我们疲倦并非由于劳作，

而是因为这一刻属于疲倦的时刻，

我们不要强迫我们的声音

去说穿一个秘密。

也许我们回忆的话语

会偶尔说出,会被打断

(太阳在黑暗中离去

对我们来说没有更多的意义)

让我们一点一滴地回忆过去,

让过去已经讲过的故事

变成现在的故事

重新向我们讲述。

那些在逝去的童年中失去的花朵,

那时候,我们是用另一种意识采花,

用另一种不同的目光

打量这个世界。

因此,丽迪娅,我们围坐在炉火边,

就像众神的一家人坐在永恒里,

就像人们在整理着衣物,

在缝补过去。

心无所念之中,我们也感到惶然,

惶然之中,我们只能去想

我们曾经所是的事物,

而外面,只有黑夜。

姚风 译
选自《我的心迟到了:佩索阿情诗》,
果麦文化 | 浙江文艺出版社

♪解读:
让我静静躺会儿……

南方 / 文

    这是一首适合沉下心静静去读的诗。

    夜晚原本就易引发许多思绪。一个人安静地坐在屋里,屋外是无尽的黑夜,许多往事,甚至以为已经忘却的事,它们全无缘故,毫无根由地闯了进来,而你,仿佛一脚踩空,没有方向地垂直跌落。

    "心无所念之中,我们也感到惶然"。

    佩索阿的一本随笔集,书名就是《惶然录》。书里的"佩索阿"时而敏感,时而坚定;时而满腹狐疑,时而忧心忡忡。现实里的他是一个普通职员,但在他的内在世界,他将自我分属于无数个不同的人格,相异的思想和感觉共处其中。

    每一个"佩索阿"都在惶然中带着混乱的意识寻找,不断叩问、审视自我,又在内心中失去自己,在那些神秘的纯净里,忘却自己。他说,我的整个世界由不同的灵魂组成,彼此并不了解对方的角色,却聚多为一,组合成孤身之影。

生命是孤单的,彷徨的,也是捉摸不定的。如同诗人在《惶然录》里的记录,絮絮叨叨,没有轨迹可循,随方就圆。这首诗也是如此,它只是一个"孤身之影"在述说着生活,带着孤单和困境,在夜晚的海浪里起起伏伏。

一种声音在体内流动,无法与人共享,那是诗人个人的体验和情感,用他自己的话来说,他不过是一个"不动的旅行者",除了深夜的独自幻想之外,连里斯本以外的地方都很少去过。

然而当你跟着他的思绪行走时,也许会惊奇地发现,此刻你所经历的一切,和诗人是如此相似。"每一种事物都在它的时间里拥有自己的时间",白日里要求我们付出的热情,不属于夜晚,这一刻,是疲倦的时刻,也是你的时刻,你可以身处其中,随意沉思,随意想象。

31
最初的愿望小曲

作者:﹝西班牙﹞费德里科·加西亚·洛尔迦　朗读:冷心清

在鲜绿的清晨,

我愿意做一颗心。

一颗心。

在成熟的夜晚,

我愿意做一只黄莺。

一只黄莺。

(灵魂啊,

披上橙子的颜色。

灵魂啊,

披上爱情的颜色。)

在活泼的清晨,

我愿意做我

一颗心。

在沉寂的夜晚,

我愿意做我的声音。

一只黄莺。

灵魂啊,

披上橙子的颜色吧!

灵魂啊,

披上爱情的颜色吧!

戴望舒 译

选自《船在海上,马在山中》,果麦文化 | 云南人民出版社

♪解读:
我的愿望是,拥有快乐的一生
多喝烫水 / 文

总有一天,我也会变老,时间掩盖了我的热情,吞噬了我的纯真,收回了我的童趣,但它抹不去我的快乐,我的愿望是:"现在当个快乐的女孩,中年时当个快乐的阿姨,老年时当个快乐的老太婆——总之,拥有快乐的一生。"

——露西·莫德·蒙哥马利《绿山墙的安妮》

每到这样的时刻,譬如吹灭蜡烛,流星划过的短暂瞬间等等,看到身旁的人们闭着眼睛虔诚许愿,静默的表情里似乎总是盛满了幸福。

所有那些来自你我心底的,祈祷被实现的愿望,其实最终并不一定能够成真。但我们一次次默念时,仍相信自己会被垂爱。

后来常常想,这大抵是我们从孩童时期带至成人世界的一种天真的方式。

即使进入成人世界之后,经受过现实的锤炼,明了生活的艰涩与庞杂,内心反而更有返璞归真的自觉。喜欢靠近简单、明朗的事物,喜欢自己或他人身上的孩子气。如诗人洛尔迦和他那明快的诗。

在洛尔迦的诗里,我们常常读到的是短句、单纯的词和主题的变奏重复,这使得他的诗歌变得可爱起来,而内里却是成熟的。他书写爱、痛苦与死亡,短小的形式中充满着生命的热情。

他曾说自己《深歌集》中的诗,"请教了风、土地、大海、月亮,以及诸如紫罗兰、迷迭香和鸟那样简单的事物"。

而他的自我亦始终是单纯的,"还是我昨天同样的笑,我童年的笑,乡下的笑,粗野的笑,我永远,永远保卫它,直到我死的那天"。

因此无论诗人长到多少岁,都要哼着最初的愿望小曲,"在活泼的清晨,/ 我愿意做我 / 一颗心",为自己的灵魂披上橙子的颜色,这是鲜明的、快乐的颜色。

怀有一点童真与一点信仰的大人是幸福的,无论他信仰的是自己所爱的事,还是别的,他对生命的悲会有观照,同时又不失欢愉的心境。

或许,这亦是人们不太在乎愿望会否落空的缘由。美好而坚定的祈愿本身,已然会成为一种隐形的力,牵引着你我靠近内心所念之事。

除此之外,抵达终点不是最要紧的,奔向幸福的途中亦会有绝美的风景。

32
水中自我欣赏的老人

作者:〔爱尔兰〕威廉·巴特勒·叶芝　朗读:黄米依

我听很老的老人说:

"万物都变易,我们也一个个凋落。"

他们手如爪,腿膝

虬曲似老荆棘树枝,

傍着这流水。

我听很老的老人语:

"美好的一切终逝去,

就像这流水。"

傅浩 译
选自《叶芝诗集》,上海译文出版社

- 诗歌作者 -

威廉·巴特勒·叶芝
William Butler Yeats, *1865—1939*

爱尔兰著名诗人、剧作家和散文家，1923年度诺贝尔文学奖得主。一生创作丰富，其艺术探索被视为英语诗从传统到现代过渡的缩影。艾略特誉之为"20世纪最伟大的英语诗人"。

♬ 解读：
我们应高兴，至少我们在前进
朱艳平 / 文

等热闹的岁月落到身后之时，

我们还可能找到更好的奇迹？

——叶芝

当一个老者临水自照，对镜览面，看着青春年华已逝，眼角眉梢是叠叠皱纹，岁月凋零的伤感顿时涌上心头，于是愁容满面，感慨一切美好如流水，终将逝去。

但逝去的都是美好？得到的只有感伤吗？

记忆是一个奇怪的容器，常常将我们欺骗。回忆往昔，我们愿意想起来的往往只是那些如琉璃一般美好的片段，而另外那些同样真实发生过的窘迫的、尴尬的、手足无措的瞬间则常常被忽略。

于是，我们误以为逝去的岁月都是美好。

让人流着泪怀念的不过是一些片段，可真实的生活从来不是由某一面的某些片段构成。

最近常常刷到一首被许多人说听哭的歌——《大梦》，歌词以时间为线索，串连起了一个人的一生：

我已经六岁，走在田野里，一个不小心，扑倒在水里，该怎么办……

我已二十三，大学就要毕业，看身边的人，渐渐地远去，该怎么办……

我已三十八，孩子很听话，想给她多陪伴，但必须加班，该怎么办……

我已七十八，突然间倒下，躺在病床上，时间变很漫长，该怎么办……

大张伟如此评价这首歌："如果有些人听完这首歌完全没什么被打动的感觉，我特别为这帮人高兴，因为生活注定是无所适从的；如果有一些人听完之后觉得，（生活）不就这样嘛，了不起的人那都是。"

相比起说没有被打动的人——即看起来少被痛苦侵扰的人——是幸运的，或许这话理解为"人生本就是时时刻刻的无所适从"更让人信服。过去、现在、未来的每一刻都如此，我们挣扎着、焦虑着、痛苦着，也快乐着、痛快着、高兴着。

痛苦会过去,美好会流逝,但生活的馈赠就在于,我们总会有新的痛苦,也会有新的美好。或许答案就是,真诚地活在当下。

33
我们季候的诗歌

作者：[美国]华莱士·史蒂文斯　朗读：宁理

I

清洌的水，晶亮的碗，

粉红的洁白的康乃馨。光，

更像是一抹雪意，返照

雪之光。新雪在地，使

冬末的日子复得了下午。

粉红的洁白的康乃馨——人的欲望

升起，而白昼本身却

变得简单：一碗白色的冷，一碗

冷瓷器本身，低低的浑圆，

盛着不多于康乃馨的空白。

II

即使这终极的简单

剥脱了人之苦，隐匿了

复合的蓬勃的我，使其

焕然一新，在这洁白世界，这

有着晶亮的围边的清水之境，

人还是企盼更多，需要更多

超越了满是雪香的白世界。

III

还会有那孜孜不倦的心智，

使人想逃回到

那些老早的构思里。

不完美才是我们的天堂。

记住，尽管苦楚，只要

不完美在我们内部燃烧，

快乐就会莅临笨拙的诗行。

张枣 译
选自《张枣译诗》，人民文学出版社

- 诗歌作者 -

华莱士·史蒂文斯
Wallace Stevens, *1879—1955*

美国现代诗人,出生于美国宾夕法尼亚州的雷丁市。大学就读于哈佛大学,后在纽约大学法学院获法律学位。1955年,他获得了普利策诗歌奖。代表作有《雪人》《冰激凌皇帝》等。

♪解读：
不必急于跑向下一个自己

林翠羽 / 文

    一到冬天 / 大雪落不落，都有 / 雪落的喜悦 / 一到冬天啊，就想到了你 / 以及，来自于你的 / 逼仄的拥抱

——张静雯《一到冬天》

    一年之中的最后一个节气大寒已过，从日历上看，春日近在咫尺，但实际上却仍遥远，人心中那口闷气好像仍被提着，未被释放。

    是的，走到冬天尾巴的时候，我们多少已有些疲倦了，该下的雪已经下了，该做的决定也都已尘埃落定，而无法扭转的那些部分不是等来春天就能被解决的。

    身心盛满了一年的故事，像披着一件厚大衣坐在炉火旁，看着窗外飞旋的雪絮想着，"还会有奇迹发生吗？这漫长的一年我是否真的有所改变？"

    冬日的室内，就像一颗水晶球，安静透亮，茶几

上的花瓶、洁白的碗碟……每一件物品都像是为居住在此的你守护着一份宁静,甚至人的面孔也布上了一丝神光。

> 无比珍贵的是那明媚的时刻
> 在冬天的郁冈中回到我的心窝
>
> ——西川《明媚的时刻》

尤其是午后,冬日的光有一种可以穿透一切的力量,身处其中的你不由得目光锐利,心思澄澈。

当雪一遍遍刷过世界,"这终极的简单"衬得人的欲望更加清晰,"人还是企盼更多,需要更多",想要突破无垠的大地,寻找一种更完美的自我,就像人常常无法满足于看似贫乏的"洁白",想要往自己身上抹上更多的色彩。

总是期待着春天,期待着下一个季节,下一个自己。但是否存在更完美的自我呢?而我们一定要寻找变化吗?

也许"不完美才是我们的天堂",只有当我们的内心有缝隙,才有更多的可能性,不必担心无法重返轻盈。

如果此刻你的心还无法安宁,不如打开窗子,看冬末枯败的树枝、雪化后的泥泞路……这就是自然的生活,我们也一样,有洁白的时刻,也有晦暗的时刻,不必急于跑向下一个自己,有时待在原地也很好。

34
无缘由的快乐

作者:〔法国〕苏利·普吕多姆　朗读:水木年华

痛苦的缘由大家一清二楚,
可人们也想知道为何快乐。
我有时醒来时,内心祥和,
那种奇特美意我无法抓住。

红霞照亮了我的小屋和身体,
我爱整个宇宙,不知为什么,
我欣喜异常。可不到一小时
我就感到黑暗重新包围了我。

它从哪儿来,这短暂的快乐?
天堂敞开大门,隐隐约约。
长夜里无名的星星飞走后,
让人的内心变得更加黑暗。

是蓝天归来的古老四月,

就像火灭之后余光未了？

是岁月的灰烬中春天复苏

还是预示着爱情的吉兆？

这神秘的快乐转瞬即逝，

来时无影，去也无踪；

或许是幸福在途中迷路，

弄错了人，匆匆光顾。

胡小跃 译

选自《孤独与沉思》，山东文艺出版社

- 诗歌作者 -

苏利·普吕多姆
Sully Prudhomme, 1839—1907

世界首位诺贝尔文学奖获得者。早期的诗歌以抒情为主,自《孤独集》之后,开始转向一种哲学和玄学思考,试图将科学、哲学和心理学结合起来,探讨"内在的人性"。代表作为《孤独与沉思》。

♫解读:
夏日晚风里,宜收集快乐

南方 / 文

现在列一个清单,想想那些让你感到快乐的事:美味的食物,自然醒的早晨,如期而至的爱,傍晚时分一道粉紫色的晚霞,社区里传来的饭菜香……

也有些时候,快乐来得突然,甚至没有任何缘由,"我有时醒来时,内心祥和,/那种奇特美意我无法抓住。"诗人写道。可是这欣喜来得快,消逝得也快,转眼就没了踪迹。"它去哪儿了呢?"没有人知道。

也许,人的内心就是这样一个奇妙的世界,痛苦时会因为一件微不足道的小事重新变得雀跃,快乐时也会夹带着烦恼和忧虑。

所以古语常说,人生苦短,当"及时行乐"。

诗人帕吉特在他的那首《如何变得完美》里,就罗列了许多生活事项:重读好书。刷牙。种点东西。累了就休息一下。

很明显,诗人想要告诉我们的是,如何从平淡的生活中寻找简单的快乐，比如做自己喜欢的工作的快乐，享受闲暇的快乐。"及时行乐"固然很好，但为乐而乐，这快乐也会转瞬即逝，反而让快乐本身成为一种负担。

《春的临终》里，谷川俊太郎写"我把悲伤喜欢过了"，他说，人活着本身就是一种悲伤，但随着年龄增长，人活着本身也是一种快乐，"当然我所谓的欢乐不是简单的欢乐，而是在对悲伤保持高度警惕下的欢乐，悲伤之内的欢乐"。

一半欢笑，一半感伤，生活就是这样。焦虑的确带给我们痛苦，但有时，我们也需要一点焦虑，一点挫折，作为一种警醒和启示。且不要常常抱怨，试着洒脱一点，把烦恼喜欢过了，也把悲伤喜欢过了。

35

伊萨卡岛

作者：[希腊] C.P. 卡瓦菲斯　朗读：黄米依

当你启航前往伊萨卡

但愿你的旅途漫长，

充满冒险，充满发现。

莱斯特律戈涅斯巨人，独眼巨人，

愤怒的波塞冬海神——不要怕他们：

你将不会在路上碰到诸如此类的怪物，

只要你保持高尚的思想，

只要有一种特殊的兴奋

刺激你的精神和肉体。

莱斯特律戈涅斯巨人，独眼巨人，

野蛮的波塞冬海神——你将不会跟他们遭遇

除非你将他们带进你的灵魂，

除非你的灵魂将他们耸立在你面前。

但愿你的旅途漫长。

但愿那里有很多夏天的早晨，

当你无比快乐和欢欣地

进入你第一次见到的海港：

但愿你在腓尼基人的贸易市场停步

购买精美的物件，

珍珠母和珊瑚，琥珀和黑檀，

各式各样销魂的香水

——尽可能买多些销魂的香水；

愿你走访众多埃及城市

向那些有识之士讨教再讨教。

让伊萨卡常在你心中，

抵达那里是你此行的目的。

但千万不要匆促赶路，

最好多延长几年，

那时当你上得了岛你也就老了，

一路所得已经教你富甲四方，

用不着伊萨卡来让你财源滚滚。

是伊萨卡赐予你如此神奇的旅行，

没有它你可不会启航前来。

现在它再也没有什么可以给你的了。

而如果你发现它原来是这么穷,那可不是伊萨卡想愚弄你。

既然你已经变得很有智慧,并且见多识广,

你也就不会不明白,这些伊萨卡意味着什么。

黄灿然 译
选自《卡瓦菲斯诗集》,
重庆大学出版社

- 诗歌作者 -

C.P. 卡瓦菲斯
C. P. Cavafy, 1863–1933

希腊重要的现代诗人,也是20世纪伟大的诗人之一。他生于埃及亚历山大,少年时代曾在英国待过七年,后来除若干次出国旅行和治病外,他都生活在亚历山大。他尤其沉迷于古希腊文化,他的诗风简约、高贵、雅致,集客观、戏剧性和启示于一身,别具一格。奥登、米沃什和布罗茨基等众多现代诗人都对他推崇备至。

♪解读：
祝愿你碌碌有为，旅途愉快
婵 / 文

《伊萨卡岛》讲述的是古希腊神话中伊塔卡岛的国王奥德修斯，在特洛伊战争中攻克了顽抗十年的特洛伊之后，又在海上漂流十年，经历无数艰难险阻终于返回故乡，与妻儿团聚的故事。

在古罗马神话中，奥德修斯对应的是尤利西斯。英国诗人阿尔弗雷德·丁尼生也曾作长诗《尤利西斯》，描述了一个同样的故事。

这两首诗分别以第二人称和第一人称的视角相互佐证，向我们展示了在经历长久的战争之后，英雄已老，却仍以勇敢、坚韧、顽强的冒险精神踏上充满危险，也同样充满奇迹与发现的伟大征途。

《伊斯卡岛》侧重于将对故土的思念与向往作为奥德修斯内心坚定不移的信念与指引。

你们和我都已老了；但老年

仍有其荣誉和操劳;死了结一切;
但在这终点前还可以有所作为,
创造些崇高业绩,从而也配得上,
我们这些同天神也争斗过的人。

——《尤利西斯》

而《尤利西斯》则更侧重于将"有所作为"和"创造些崇高业绩"作为英雄踏上冒险旅途的目的。

因而《伊萨卡岛》更令人感到亲切,这个英雄更具人味儿。在另一版《伊萨卡岛》中文译本中,译者将此诗的前三行译为:"当你启程前往伊萨卡 / 但愿你的道路漫长,/ 充满奇迹,充满发现。"在黄灿然先生译本中则是"充满冒险,充满发现"。

当我们谈到"奇迹",便觉遥远与幻灭,而当我们谈到"冒险",便有了感同身受的勇气。以此角度看,黄灿然的译本似乎更贴近诗歌本意。

《伊萨卡岛》是献给我们每一个平凡人的英雄主义之诗。我们也许并无崇高远大的目标,仍尽可以去冒险、去探索、去充实属于自己的平凡人生。

历史学家王笛在他的书作《碌碌有为》中提出这样一个历史观:芸芸众生总以为在宏观历史中自己短暂的一生是碌碌无为的,但他却认为,恰是我们这些在"宏观历史"笼罩下的小人物们庸碌的人生,汇总成了这条历史长河。普通人也可以碌碌有为。

但愿我们的旅途漫长,充满冒险,充满发现;但愿我们不必遭遇那些可怕的莱斯特律戈涅斯巨人,独眼巨人,抑或是野蛮的波塞冬海神;但愿我们可以拥有很多夏天的早晨,和无比快乐与欢欣的旅途。

要明亮地爱我,像朝霞一样去爱

作者:〔俄罗斯〕费·索洛古勃　朗读:杨帆

要明亮地爱我,像朝霞一样去爱,

遍撒珍珠,笑声朗朗。

用希望和轻盈的幻想让我欣喜,

无声熄灭,随烟雾苍茫。

要静静地爱我,像月亮一样去爱,

平和闪耀,清新,冰凉。

用魔法和秘密照亮我的世界,

和你徘徊在黑暗道路上。

要单纯地爱我,像溪水一样去爱,

叮当响着,亲吻着,你是我的,你也不属于任何人。

依偎吧,顺从吧,继续奔跑吧。

当你已不再爱我,当你已遗忘——别怕,无须说谎。

童宁 译

选自《一切都像在拯救》,后浪 | 江苏凤凰文艺出版社

- 诗歌作者 -

费·索洛古勃
Fyodor Sologub,*1863—1927*

诗人、作家、翻译家,俄国象征主义最重要的代表人物之一,著有《噩梦》《卑劣的小鬼》《创造的传奇》等。

♪解读:
我们爱过,又忘记

朱艳平 / 文

> 别怕美好的一切消失,咱们先来让它存在。
>
> ——王小波

现代人或许已经不那么相信爱情了,与生活、工作、创业这些实实在在的事相比,爱情太过缥缈了,它的不确定性让人难以参透,于是多数人选择避而不谈,"相信爱,但也相信爱不会发生在自己的身上"。

与对爱保持沉默相比,在这首诗中,诗人好像站在宇宙中心呼唤爱的到来。不但要爱,还要爱有朝霞的明亮,有月光的静谧,有溪水叮当的可爱。

渴望纯粹、热烈的爱,哪怕短暂如昙花一现。认真爱过,然后忘记,继续奔跑。

爱时深爱,不爱时轻松告别。像烟花会寂灭,但它也尽情绽开过,爱过的记忆不会被抹掉。

"爱过你的回忆,被你爱过的回忆,一直都好好在心里。(那时)不是想着明天爱情会变成什么样而谈着恋爱的,就是有那时候的我,才有现在的我。"(《东京爱情故事》)

别怕美好会消失,先勇敢地让它存在吧。

37
我将再一次向太阳致意

作者:〔伊朗〕芙洛格·法罗赫扎德　朗读:丁翔威

我将再一次向太阳致意,

向曾经流淌在我体内的小溪

向云朵——曾经是我舒卷的思绪,

向树林里痛苦生长的杨树——

曾陪伴我走过干旱的季节。

我将向那群乌鸦致意

它们曾带给我小树林夜间的香气;

向住在镜子里我的母亲致意,

那是我晚年的投影。

我要再一次向大地致意,

在她重新创造我的欲望中,

用绿色的种子填满她燃烧的腹部。

我会来的。我会来的。我会的。

我的头发带着深层泥土的气息。

我的眼睛透露出黑暗的密度。

我将带一束从墙那边的灌木丛

采摘的鲜花而来。

我会来的,我会来的。我会的。

这门口将焕发爱的光芒

而我将再次向那些爱着的人致意,

还有那个女孩——

她仍站在充满爱的门槛上。

李晖 译
选自《让我们相信这寒冷季节的黎明》,
北京联合出版公司

- 诗歌作者 -

芙洛格·法罗赫扎德
Forough Farrokhzad, 1935—1967

20世纪最杰出的现代波斯语诗人之一,也是伊朗20世纪女性主义的先锋。她以反叛的姿态,在当时以男性为绝对主导的伊朗文艺界中横空出世,以大胆而创新的诗歌语言书写女性的生命经验。其短暂而绚烂的一生中只留下5部诗集,却对20世纪伊朗现代诗歌产生了极其重要的影响。

♫解读:
"我所爱的是爱的进行时"

刘路 / 文

> 当我的生命一无所是,除了墙上
> 时钟的嘀嗒嘀嗒一无所是,
> 我意识到我必须疯狂地去爱,
> 　　必须,必须。
>
> ——芙洛格·法罗赫扎德

"我全部的存在是一首黑暗的诗",芙洛格·法罗赫扎德曾这样评价自己。但越了解其人便越发觉得,她更接近一块玄铁,与彼时坚硬的社会现实迎头相撞,擦出耀眼的火花。

芙洛格·法罗赫扎德出生于伊朗一个中产阶级家庭,16岁时她爱上了大自己15岁的邻居兼远房亲戚,不顾父母反对与之结婚生子。3年后,她又触碰伊朗禁忌——提出离婚,为此丧失了对孩子的监护权,甚至被剥夺偶尔探视权。

在女性普遍被动或麻木地困于囚笼的时代，芙洛格·法罗赫扎德对自由和浪漫的追求使其付出巨大代价。1955 年，她精神崩溃而住进医院，康复后却写道："遗憾的是，在所有疯狂过后 / 我不相信我又好了 / 因为她已在我中死去，而我 / 变得懒散，沉默，厌倦。"

反叛的内核似乎早就注定了芙洛格·法罗赫扎德不会轻易被驯化，她始终清醒地审视，并用诗句揭露着他人不敢说的真相。

对象征婚姻契约的戒指，她说："这只箍子 / 黄澄澄金灿灿的 / 却是束缚的钳子"；对以羞耻为名被压制的女性欲望，她骄傲地反抗："我犯了欢喜之罪 / 在一场热烈的拥抱中"；对人们赞美和颂扬的上帝，她表示质疑："是你，是你用一丛火焰制造出 / 这个恶魔，放他上了路"……

"她的叛逆源于她的出生和命运都不掌握在自己手

中的事实。"（哈桑·贾瓦迪）芙洛格·法罗赫扎德的一些行为在如今看来也堪称"离经叛道"——她走出家庭前往意大利学习电影摄影和艺术，在德国尝试做翻译；回国后背负骂名与已成婚的电影制作人兼作家戈莱斯坦同居；在男性几乎占绝对主导地位的伊朗文艺界，她坚持发出强烈、感性而诚实的女性声音。

"我没有成为'我'便进入了生命"，这是芙洛格·法罗赫扎德不懈抗争的理由，然而正是出于对自我的执着找寻，她遭受了更多痛苦。"我是那个被打上耻辱烙印的人／笑对徒劳的嘲讽并喊出：'让我为我自身的存在发声！'／但是，唉，我是一个'女人'。"

荒诞而悖谬的生存处境也使得芙洛格·法罗赫扎德更深入事物的本质，比如对于爱，她得出自己的理解："幸福，因为我们爱／心痛，因为爱是一种诅咒。"不过她并没有放弃它，反而将狭隘的两性之爱扩展为更广阔的自然之爱："怀着绝望／怀着痛苦／我站在泥土上／让星星赞美我／让风雨抚慰我。"

尽管承受了我们难以想象的挫折,但芙洛格·法罗赫扎德的一生却也浓烈而张扬,让自己的生命充分燃烧,如她的诗歌所写:"假如我是秋天 / 我将恣意而狂热而多姿。"

"我不考虑终点 / 我所爱的是爱的进行时",与其说是芙洛格·法罗赫扎德对待爱情的态度,不如看作是她的生命姿态,无论结果如何,勇敢迈出追求的脚步,全神贯注于过程。

在《我将再一次向太阳致意》里,她宣称:"我将再次向那些爱着的人致意,/ 还有那个女孩——/ 她仍站在充满爱的门槛上。"站在现在回望彼时的芙洛格·法罗赫扎德,追问自己:我们能否在有限的生命中,如芙洛格·法罗赫扎德那样,心怀爱的信念,热烈燃烧?

38

海涛

作者:〔意大利〕萨瓦多尔·夸西莫多　朗读:桑毓泽

多少个夜晚

我听到大海的轻涛细浪

拍打柔和的海滩,

抒出了一阵阵温情的

软声款语。

仿佛从消逝的岁月里

传来一个亲切的声音

掠过我的记忆的脑海

发出袅袅不断的

回音。

仿佛海鸥

悠长低徊的啼声;

或许是

鸟儿向平原飞翔

迎接旖旎的春光

婉转的欢唱。

你

与我——

在那难忘的岁月

伴随这海涛的悄声碎语

曾是何等亲密相爱。

啊,我多么希望

我的怀念的回音

像这茫茫黑夜里

大海的轻涛细浪

飘然来到你的身旁。

吕同六 译

选自《水与土》,九久读书人 | 华东师范大学出版社

− 诗歌作者 −

萨瓦多尔·夸西莫多
Salvatore Quasimodo,*1901—1968*

意大利诗人、评论家。1959年,因"他的抒情诗,以古典的火焰表达了我们这个时代中生命的悲剧性体验"而获得诺贝尔文学奖。诗集有《水与土》《消逝的笛音》《日复一日》等。

♪解读:
风声阵阵,雪花飘落,似是故人来
朱艳平 / 文

> 我的故乡在南方
>
> 多么遥远,
>
> 眼泪和悲愁
>
> 炽热了它。
>
> ——萨瓦多尔·夸西莫多

往事会在什么时候闪现?

往事迸现,常常发生在忽然之间、预料之外。它不是你预备好了时间,找好了地点,喊了"开始"之后才精准地在脑海中出现。你忽然想起某人某事,往往在不经意的瞬间。

看见一团云,就想起有次看云的心情;走过初雪,就想起当年一起在雪里玩耍的人;听海浪拍打崖岸,就想起从前在海边发生的旧事。

海涛声阵阵，风雨声连连，似是故人来。

你看见的那团云，像是从遥远岁月里吹散又在你眼前聚成相似的形状；雪，自旧日飘来又落在你肩上；那海涛，像久远的故事掠过大海，在沙滩上拍出时间的回响。

你以为生活是平静的湖水，直到往事浮现，才感知到我们已经度过春夏秋冬又一春。

图书在版编目（CIP）数据

我走进房间：外国经典名家诗歌选 /（智）巴勃罗·聂鲁达等著；为你读诗主编；黄灿然等译. -- 北京：北京联合出版公司，2024.9
ISBN 978-7-5596-7567-5

Ⅰ.①我… Ⅱ.①巴… ②为… ③黄… Ⅲ.①诗集-世界-现代 Ⅳ.①I12

中国国家版本馆CIP数据核字(2024)第074912号

我走进房间：外国经典名家诗歌选

作　　者：(智) 巴勃罗·聂鲁达 等 著　为你读诗 主编
译　　者：黄灿然 等
出 品 人：赵红仕
责任编辑：龚　将
内容统筹：为你读诗·鲸歌
选题策划：大愚文化
产品监制：王秀荣
特约编辑：雷　雷　娄　澜
封面设计：付诗意
封面插图：Yukiko Noritake
内文插图：Crystal的理想世界

北京联合出版公司出版
(北京市西城区德外大街83号楼9层 100088)
北京盛通印刷股份有限公司印刷　　新华书店经销
字数80千字　880×1230毫米　1/32　7印张
2024年9月第1版　2024年9月第1次印刷
ISBN 978-7-5596-7567-5
定价：59.00元

版权所有，侵权必究。

未经书面许可，不得以任何方式转载、复制、翻印本书部分或全部内容。
本书若有质量问题，请与本公司图书销售中心联系调换。电话：(010) 64258472-800

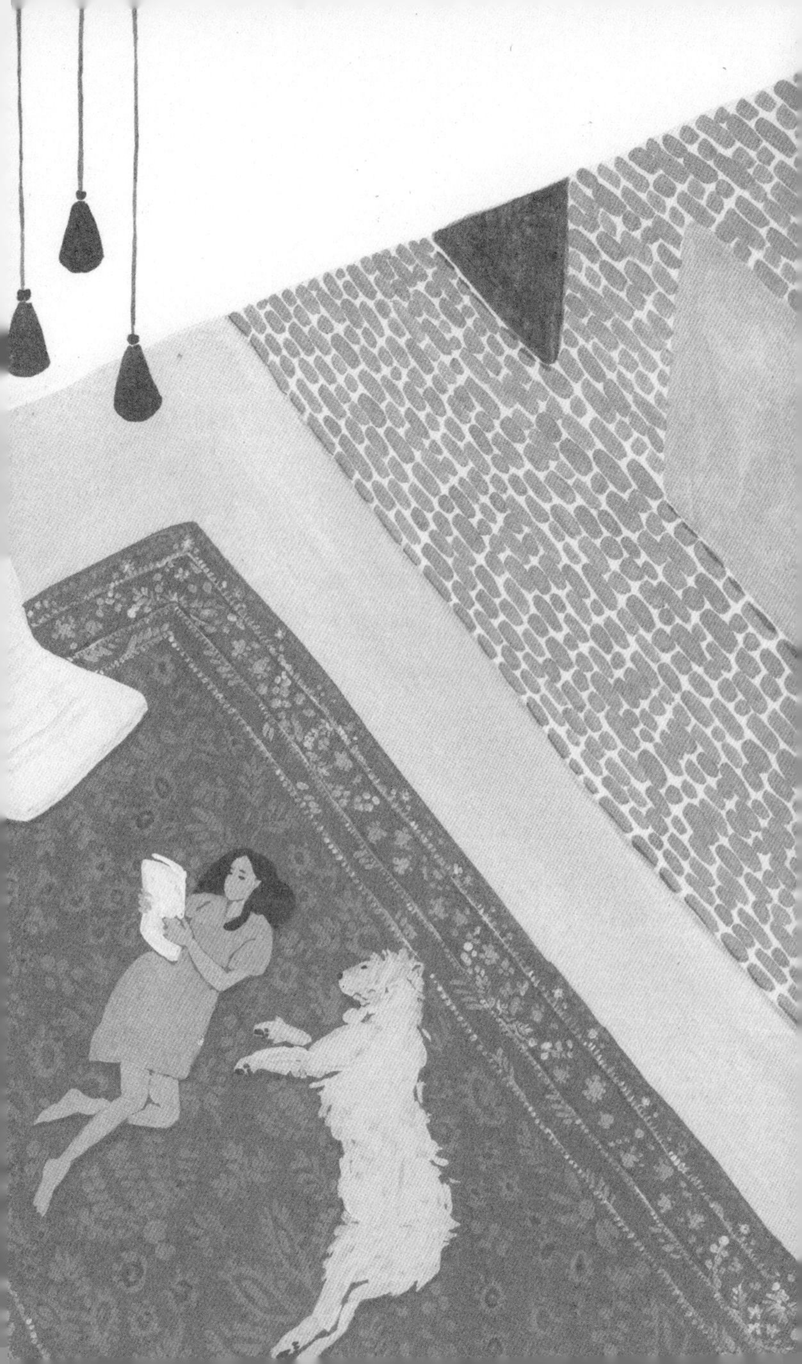

如果这就是爱 ♥
那么给我更多